AVIS AU LECTEUR.

UN concours bizare de circonſtances ſinguliéres & imprévûes a retardé juſqu'à préſent l'impreſſion de cet Ouvrage qui étoit fait pour paroître en même tems qu'*Oreſte*, & qui étoit effectivement achevé lorſque cette Tragédie parut imprimée : c'eſt donc à ce tems qu'on prie le Lecteur équitable de vouloir bien ſe tranſporter, afin de ne point trouver de ridicule dans des réflexions qui ſembleroient aujourd'hui déplacées, & dans des eſpéces de prédictions, qu'il ſeroit trop aiſé de faire à préſent qu'elles ſont accomplies pour la plû-

part. On me dira peut-être : Que ne réformez-vous tout cela ? La remarque eſt juſte. Mais ne ſeroit-ce pas ſe donner un peu trop de peine pour un ouvrage qui paroiſſant hors de ſa ſaiſon, ſera ſans doute peu recherché, peu lû, & qui pis eſt, peu critiqué ? D'ailleurs je ne ſuis pas fâché que l'on ſache ce que je penſois d'*Oreſte* dans un tems où le Public ne ſçavoit trop ce qu'il en penſoit lui-même, ni ce qu'il en devoit penſer.

PARALLELE

PARALLELE
DES QUATRE
ELECTRES

De Sophocle, d'Euripide, de M. de Crébillon, & de M. de Voltaire.

IEN n'eſt comparable à mon audace, je le ſçais bien, & j'en demande ſincérement pardon à mes Lecteurs, ſi le hazard ou la curioſité m'en donnent quelques-uns.

Livrer la guerre à des Préjugés dominans, eſſayer de détruire le triomphe de l'erreur & de l'ignorance, comparer des Anciens avec des Modernes; bien plus, comparer entre-eux des Auteurs vivans; & quels Auteurs encore? des Crébillons & des Voltaires; faire pancher enfin la balance & décider; voilà le comble de la témérité, voilà le crime dont je vais me rendre coupable;

mais je vais combattre pour la vérité, & la vérité que j'aurai défendue combattra pour moi à ſon tour, & me ſervira de juſtification.

Quel eſt donc le but que je me propoſe ? Un que certainement je n'atteindrai jamais. Juge équitable, mais ſans autorité ; Apôtre zélé, mais ſans Miſſion ; Vengeur volontaire du bon goût outragé par d'inſolentes Cabales, je veux faire rougir un certain Public de ſes honteux égaremens, le réconcilier, s'il ſe pouvoit, avec lui-même, lui retracer les plaiſirs tendres & délicats, dont il s'eſt volontairement privé, lui faire entendre, malgré lui, les cris de la Nature, de la terreur & de la pitié, étouffés au Théâtre par la voix tumultueuſe de la haine & de la jalouſie, lui rappeller enfin le reſpect & la reconnoiſſance qu'il doit aux grands hommes qui conſacrent leurs veilles & leurs talens à ſon plaiſir.

Quels ſeront les fruits d'un ſi généreux effort ? des murmures, des clameurs, des conjectures malignes & injurieuſes. Convertirai-je les gens ? Non, ſans doute ; mais

J'aurai du moins l'honneur de l'avoir entrepris.

(La Fontaine, Ep. Dédic. à Monſeigneur le Dauphin.)

Je tomberai, mais dans un noble projet.

La chûte de Phaëton fut horrible, mais il éclaira du moins le monde quelques instans.

Sujet d'Electre.

UN Roi, le Chef de mille Rois, perfidement égorgé au milieu de son Palais par sa propre femme, qui partage son lit & sa Couronne avec le complice de cet horrible attentat; d'augustes Princesses gémissantes dans un rigoureux esclavage; un jeune Prince errant, proscrit, sans secours, & presque sans asyle; le crime sur le Trône, l'innocence dans les fers; une famille Royale désolée, éperdue, séparée long-tems, réunie enfin pour la vengeance; un Tyran puni, une mere qui expire sous les coups de son fils; la Nature outragée indignement, & vengée par un nouvel outrage plus cruel que le premier; voilà les objets sanglans, terribles & touchans que le sujet d'Electre nous présente.

Une multitude de Poëtes anciens & modernes, frappés de la force tragique de ce sujet, ont essayé de nous la rendre. Quatre seulement ont réussi: Sophocle & Euripide chez les Grecs; parmi nous, Messieurs de Crébillon & de Voltaire. Toute notre admiration & tous nos respects sont dûs à ces qua-

tre illustres rivaux ; mais il s'agit de comparer, de juger & de décerner la Couronne.

Distribution de cet Ouvrage.

Je vais donc, 1°. exposer avec ordre & avec fidélité les Plans des quatre Electres.

2°. Examiner les caractères.

3°. Les situations.

4°. Enfin les beautés de détail.

Dans le cours de cet examen j'opposerai indifféremment les deux Modernes aux deux Anciens, & je comparerai ensuite les deux Modernes ensemble, mettant toujours en concurrence caractère avec caractère, situation avec situation, beauté avec beauté,

Componens manibusque manus, atque oribus ora.
(Virg. Eneid. lib. 8.)

afin que Spectateurs tranquilles de ce combat intéressant, les esprits raisonnables soient en état de prononcer.

Pour les Plans, ils seront jugés dans l'exposition même.

Qualités d'une bonne Tragédie.

Je suppose donc que je parle à des personnes instruites des premiers Elemens du

Théâtre, à de véritables amateurs de l'art Dramatique, qui sçavent que le mérite d'une Tragédie consiste dans la simplicité d'action & dans l'unité d'intérêt ; dans la vérité des caractères bien dessinés, bien soutenus & jamais démentis ; dans la force des situations qui ne peuvent intéresser qu'à proportion de leur violence & dans la noble gravité d'un style tendre ou terrible suivant les occasions, & qui retrace toujours cette tristesse majestueuse, l'ame du Cothurne, qui se sent beaucoup mieux qu'on ne peut l'exprimer.

Il me reste à les prier de fermer les yeux à toute considération personnelle, de suspendre surtout la fameuse querelle de la prééminence entre les Anciens & les Modernes ; querelle dont le sort ne peut jamais dépendre de la question que nous allons agiter ; & de se souvenir enfin, de ce sage & salutaire avis que César leur donne dans Salluste : *Omnes homines qui de rebus dubiis consultant, ab odio, amicitiâ, irâ atque misericordiâ vacuos esse decet : haud facilè animus verum providet, ubi illa officiunt.*

Je leur promets de prêcher d'exemple, & d'être le premier à me dépouiller de tous ces sentimens qui corrompent & dégradent les jugemens des hommes.

Plan de l'Electre de SOPHOCLE.

De toutes les Electres de l'antiquité, celle de Sophocle est la plus connue; je n'en exprimerai que la substance, afin de ne pas rebuter par une trop longue exposition, des Lecteurs que je voudrois bien pouvoir amener à mon sentiment.

Oreste arrive à Argos avec son Gouverneur & son ami Pilade, ils concertent ensemble les moyens de venger la mort d'Agamemnon, ils parlent d'un vase d'airain qu'ils se proposent de faire passer pour l'urne qui contient les cendres d'Oreste, afin de tromper la vigilance des Tyrans. Le Gouverneur d'Oreste annonce à la Reine la mort de ce jeune Prince; Electre est désespérée, Clytemnestre s'afflige modérement, & sa douleur ne l'empêche point d'écouter avec une tranquillité singuliere, la très-longue description que le Gouverneur lui fait de la belle course de chars où Oreste a perdu la vie comme Hyppolyte; l'éloquent Gouverneur a fort bien étudié sa leçon; il n'omet pas la plus légere circonstance; le nombre des concurrens, leur patrie, celle des chevaux, leur figure, leur taille, leur poil, l'effet de leur

écume mêlée avec la poussiere, le bouleversement des chars renversés & fracassés, le désordre, la confusion, les cris de l'assemblée, rien ne lui échappe, le Menteur n'est pas plus ferme dans la Description du Festin sur l'eau.

L'espérance de Chrysothemis fondée sur des apparences assez légeres, le désespoir d'Electre, ses querelles plus fortes que décentes avec sa mere, ses fureurs injustes contre la patiente Chrysothemis, occupent les trois premiers Actes; la Reconnoissance se fait au quatriéme. On part pour la vengeance qui s'éxécute au cinquiéme; bientôt on entend les cris effrayans de Clytemnestre blessée par son fils, qui demande grace à ce fils dénaturé, & qui ne l'obtient pas. La barbare Electre anime Oreste en prononçant ces mots exécrables : *Frappez, redoublez, s'il est possible.*

Enfin Clytemnestre tombe & meurt sous les coups d'Oreste & de Pilade. Ces Parricides reparoissent sur la Scene sans le moindre remords. Egyste qui étoit absent pendant tout ce désordre, arrive trop-tôt & trop tard; il apprend la nouvelle de la mort d'Oreste; on apporte devant lui un cadavre voilé, il ne doute point que ce ne soit celui de son Ennemi; il veut repaître ses yeux de

ce Spectacle. On découvre le corps sanglant... Quelle horreur ! c'est Clytemnestre. Egyste éperdu s'apperçoit enfin de l'abîme où il est tombé. Oreste le fait entrer dans le Palais pour l'immoler dans la même chambre où Egyste avoit autrefois égorgé Agamemnon; Egyste après avoir fait des façons pour entrer, & avoir poliment refusé plusieurs fois de passer avant Oreste, prend enfin son parti, & reçoit le coup de la mort. Oreste reparoît pour proférer une Sentence sur l'utilité de la punition des coupables.

Pour sauver du ridicule les politesses déplacées d'Egyste, il est bon d'être sçavant comme M. Dacier, qui nous assûre qu'en Grèce on délioit les criminels quand leur Arrêt étoit prononcé, afin de leur laisser la consolation de mourir libres; « Egyste, ajoûte M. Dacier, vouloit avoir cette même li-
» berté d'aller volontairement à la mort,
» & c'est ce qu'Oreste lui refuse, afin qu'il
» ait la douleur de mourir comme un vil es-
» clave qu'il faut traîner. » Cette conjecture est assez plausible, c'est tout ce qu'on en peut dire raisonnablement.

Jugement du Plan de Sophocle.

Le Plan de Sophocle, comme on voit, est

d'une noble ſimplicité. L'expoſition du ſujet ſe fait d'une maniere claire, juſte & préciſe; le nœud ſe forme de lui-même, ſans embarras, ſans épiſode, ſans reſſort étranger; il ſe dénoue, comme il s'eſt formé, toujours ſimplement, ſans machine & ſans prodige.

Son ſujet de ſoi-même & s'arrange & s'explique;
Tout, ſans faire d'apprêts, s'y prépare aiſément;
Chaque vers, chaque mot court à l'évenement.

(*Boileau, art Poët. Chant* 3.)

Cependant je ſuis obligé de dire pour l'intérêt de la juſtice, qu'il eſt trop aiſé d'être ſimple à la faveur d'un Chœur, qui par ſes chants & ſes réflexions occupe un bon tiers de la Piéce, & la réduit à la valeur d'environ deux ou trois Actes de nos Tragédies. Mais ſi un Auteur plus ingénieux & plus fécond, ſans le ſecours trop facile de ce Chœur, puiſoit dans le Sujet même de quoi remplir ſon action avec la même ſimplicité, il faudroit, ſans doute, lui donner la préférence; ſur-tout, ſi par la force des ſituations & la beauté des caractères, il ſçavoit donner à ſa Piéce un intérêt, une ame qui manque à celle de Sophocle.

Plan de l'Electre D'EURIPIDE.

L'ELECTRE d'Euripide n'eſt pas à beau-

coup-près aussi connue que celle de Sophocle ; peut-être ne l'est-elle pas même autant qu'elle le mérite. Quoi qu'il en soit, je vais essayer d'en retracer un peu en détail les beautés & les défauts, & j'espere qu'on m'en sçaura gré.

ACTE PREMIER.

UN seul homme ouvre la Scene par une Apostrophe à la terre d'Argos, à qui il adresse le récit des malheurs de la Maison Royale ; à son égard il nous apprend qu'il est Gentilhomme, fort pauvre, qu'il vit dans sa Terre, & qu'il la fait valoir ; il nous apprend de plus, qu'il a épousé Electre, & voici comment.

Egyste la voyant recherchée par tous les Princes de la Grèce, craignit, s'il la marioit, de se donner de puissans ennemis & des vengeurs à Agamemnon ; il prit donc le parti de la renfermer étroitement dans son Palais, sans la laisser voir à personne : ne comptant pas beaucoup dans la suite sur cette précaution, il se détermine à se défaire de sa captive, craignant, (disent les Traducteurs Latins, que je citerai plûtôt que le Grec, parce qu'ils sont plus généralement entendus.)

Ne cui generoso viro liberos clam *pareret.*

Clytemnestre, par politique, la dérobe à sa fureur, craignant de devenir trop odieuse, si elle laissoit ajoûter la mort de ses enfans au meurtre de son époux; mais pour n'avoir rien à craindre de cette fille dangereuse, Egyste & Clytemnestre la donnent en mariage à ce bon Mycénien, qui, plein d'un pieux respect pour la fille de ses Maîtres, n'ose toucher à ce dépôt sacré; & enfin,

Virginem nactus, virginem linquit.

tandis que ce bon homme entretient la terre d'Argos de toutes ces particularités qu'elle a vûes aussi-bien que lui, on voit paroître une jeune femme simplement vêtue, & portant sur sa tête une cruche, ou si l'antiquité l'aime mieux, une urne, qu'elle va remplir à la fontaine voisine; c'est Electre. Elle se plaint amérement de la cruauté d'une mere, par qui elle se voit réduite à ce déplorable état. Son mari lui reproche tendrement, & avec bonté, que malgré ses prieres mille fois réitérées, elle veut toujours s'abaisser à ces vils emplois. La réponse d'Electre est touchante; elle s'estime heureuse dans son malheur d'avoir trouvé un ami tel que lui, dont la ten-

dresse vertueuse & compatissante s'applique à soulager ses maux & à en partager le poids. Son discours nous confirme dans la bonne opinion que nous avons déja conçûe du Mycénien ; ils se séparent, l'un va ensemencer son champ, l'autre va à la fontaine remplir sa cruche. La place reste libre à Oreste & à Pilade qui surviennent ; le premier déclare qu'il vient venger la mort de son pere par ordre d'Apollon ; ils vont chercher quelqu'un qui puisse leur donner des nouvelles d'Electre. Electre revient sur le Théâtre avec sa cruche pleine, & fait un fort beau Monologue ; le Chœur veut engager Electre à une partie de danse ; il prend fort bien son tems, Electre lui montre ses habits, qui en effet ne sont point des habits de nôce ni de bal ; le Chœur lui en offre de plus beaux ; tout cela est simple & naïf, dans le goût de l'Antiquité, mais nullement, je crois, dans le goût de la Tragédie. Electre finit cet Acte en pleurant, mais d'un ton vraîment tragique, & ses malheurs & ceux de son pere & de son frere.

ACTE II.

ORESTE & Pilade qui avoient entendu toutes les plaintes d'Electre viennent à sa rencontre, la Princesse veut fuir voyant deux

Etrangers armés, (les Grecs portoient rarement des armes.) Oreste l'arrête, en disant qu'il lui apporte des nouvelles de son frere; elles sont reçûes avec transport; Electre raconte à ce cher Etranger toute son histoire, l'excès de sa misere & de son humiliation; Oreste en est touché, mais il ne se découvre point. L'Epoux arrive, & ne peut s'empêcher de paroître surpris, & même un peu mécontent de voir cette conversation familiere de sa femme avec deux jeunes hommes; Electre léve ce scrupule, & lui apprend quels sont ces Etrangers, & qu'ils sont envoyés par Oreste. Le bon-homme en témoigne sa joie, il les invite à entrer dans sa cabane & à s'y reposer, il est fâché qu'on ne les ait pas introduits plûtôt, il se dispose à mettre tout en œuvre pour les bien recevoir. Oreste charmé de la bonté, de l'humanité, de la vertu & de la générosité de cet homme, étale une longue & magnifique Morale sur la bizarrerie de la Fortune, qui se plaît à donner quelquefois à un Laboureur les sentimens d'un Prince, & à des Princes les sentimens les plus bas. Electre confuse de son indigence & de la mauvaise chere qu'elle va faire à ces illustres Etrangers, envoye son mari chez le vieux Gouverneur, dont la vigilance a autrefois sauvé Oreste, afin de l'engager à régaler

les deux Grecs d'une maniere plus digne d'eux; le Laboureur exécute les ordres de sa femme, après avoir cependant protesté pour l'honneur de sa cuisine, qu'il avoit assez de quoi bien régaler ces Messieurs.

Le Chœur par un écart plus que Pindarique, apostrophe les mille Vaisseaux qui voguérent à Troye, & le fier Achille, & son bouclier superbe, & son char rapide; & tout cela signifie que le crime de Clytemnestre a été horrible d'avoir fait périr le Chef de pareils Héros, & le Roi de tant de Rois.

ACTE III.

Le Gouverneur arrive, salue la Princesse, & lui présente un Agneau choisi dans tout son troupeau, des fleurs pour joncher la table, d'excellens fromages, & un outre de vin exquis qu'il a fait apporter pour le festin; ensuite il essuye les larmes que lui arrache le spectacle affligeant de l'infortune d'Electre vûe de près. Un autre intérêt contribue encore à l'attendrir; il venoit de passer par le tombeau d'Agamemnon pour lui payer le tribut de ses pleurs, & lui offrir une libation, ses yeux y furent frappés d'un spectacle inattendu. Le sang d'une brebis noire récemment répandu couloit le long du tombeau;

on avoit aussi exposé à ce sacré tombeau des boucles de cheveux ; tout annonçoit un Sacrifice nouvellement offert. Le bon Vieillard aime à se persuader que son cher Oreste est de retour à Argos, & que ce Sacrifice est l'ouvrage de sa piété. Electre se mocque des indices qu'il lui donne du retour d'Oreste, & les Sçavans prétendent que dans ce morceau, Euripide a eu l'adresse & la malice, sans qu'il y parût à peine, de tourner en ridicule la reconnoissance d'Oreste avec Electre dans Eschyle, qui ne la fonde que sur deux ou trois marques équivoques, dont Electre veut bien se contenter.

Quoi qu'il en soit, Oreste paroît; il est bientôt reconnu par le Gouverneur, qui lui ôte le mérite de se découvrir lui-même à sa sœur. Le Gouverneur, Electre & Oreste déliberent sur les moyens de venger Agamemnon. Le Gouverneur leur annonce qu'il a rencontré Egyste peu accompagné, qui se disposoit à offrir un grand Sacrifice ; le Vieillard conseille à Oreste de se trouver sur le passage du Tyran, afin d'être invité au festin comme Etranger. Les circonstances, dit-il, détermineront ce que vous aurez à faire.

A l'égard de Clytemnestre, Electre pour l'attirer dans sa cabane, imagine de feindre une grossesse dont elle se dira délivrée depuis

dix jours. Si Clytemnestre est assez inhumaine, pour ne pas venir voir sa fille en couche & son petit-fils nouveau-né, tant mieux pour elle; si elle est sensible aux mouvemens que la Nature doit lui inspirer, la mort en sera le prix. Voilà le beau projet qui est adopté par tout le petit Conciliabule, qui se sépare & laisse le Chœur chanter une belle Ode très-Pindarique, dans laquelle il retrace tous les malheurs des Pélopides, le Festin d'Atrée, le Soleil pâlissant & reculant d'horreur, &c.

ACTE IV.

DES cris affreux s'élevent de toutes parts; on croit entendre tonner Jupiter infernal, des voix tremblantes appellent Electre, Electre est saisie d'effroi, le bruit des armes croît & redouble l'inquiétude & la frayeur d'Electre; enfin un domestique du Prince vient annoncer sa victoire & la mort de l'Usurpateur massacré par Oreste au milieu des solemnités du Sacrifice. Oreste arrive & présente à sa sœur le cadavre du Tyran, afin qu'elle ne doute plus de son trépas. Electre lui fait son procès, l'interroge, le juge, & le condamne à être privé de la sépulture. On apperçoit le Char de Clytemnestre; on fait retirer le cadavre; Oreste prêt à commettre le grand

grand crime, se sent agité de remords, il s'effraye à l'aspect de la victime. Electre furieuse l'anime & l'encourage; on entre dans le Palais, il s'éléve un combat d'éloquence entre Electre & Clytemnestre; des paroles on vient aux coups. Ces enfans forcénés s'élancent sur leur mere, dont les cris se font entendre sur la Scene; & portent l'horreur & l'indignation jusqu'au fond de l'ame; les Filles du Choeur sont attendries & troublées; le frere & la sœur sortent couverts & fumans du sang de leur mere.

ACTE V.

LES Parricides sont désespérés de leur crime, ils en peignent eux-mêmes toute l'atrocité en se rappellant les cris & les mouvemens de leur mere, tandis qu'ils l'assassinoient. Le bandeau qui couvroit leurs yeux est déchiré; ils voyent toute l'horreur de l'abîme où ils se sont plongés, & ils sont inconsolables. Cependant Castor & Pollux descendent d'une machine; ils consolent leur neveu & leur niéce par des raisons tirées d'une fatalité absolue; ils envoyent Oreste courir le Monde pour se délivrer de la persécution des Furies, qui doivent le tourmenter pendant quelque tems; ils donnent Electre en

mariage à Pilade qui ne répond pas un mot ; & à propos de ce ſilence, il eſt échappé à M. Dacier un bon mot, qui eût paru irréligieux dans la bouche de M. Perrault ou de M. de la Motte, mais qui n'eſt que ſurprenant dans la bouche de ce ſçavant Traducteur & Commentateur. « Pilade, dit-il, emmene Elec- » tre ſans dire un ſeul mot, peu content ſans » doute d'avoir une femme de ce caractère. »

Le P. Brumoi réfute ſérieuſement cette plaiſanterie, & cela eſt encore plus étonnant que le bon mot de M. Dacier. Ils changent tous deux de perſonnage ; l'ingénieux Jéſuite juſtifie ſolidement le ſilence de Pilade, le docte Gloſſateur s'en mocque légérement, & tous deux ont raiſon. Il me ſemble ſeulement que le P. Brumoi dans ſon Apologie, n'auroit pas dû oublier de nous faire obſerver que le caractère d'Electre ne devoit point effaroucher Pilade, puiſqu'elle avoit eu toute la complaiſance, toute la douceur & toute l'amitié poſſible pour le vieux mari à qui Egyſte l'avoit donnée.

Quoi qu'il en ſoit, Electre part avec Pilade pour la Phocide, & Oreſte pour faire le tour du Monde ; les adieux du frere & de la ſœur ſont d'une tendreſſe extrême.

Le Chœur finit, me ſemble, par dire que quand on ſe porte bien, & qu'on n'a point d'infortune, on eſt fort heureux.

Jugement du Plan D'EURIPIDE.

LORSQU'EURIPIDE osa travailler sur un Sujet déja traité par Sophocle, le vulgaire Athénien ne manqua pas de le taxer d'insolence & de témérité. Cet homme, dit-on alors, veut trop entreprendre, il se joue à son Maître, il croit ternir la réputation de ce vénérable Vieillard ; mais il ne fera tort qu'à lui-même ; sa coupable audace recevra son châtiment ; en conséquence de ces belles observations, les nuages s'assemblerent, les orages se formerent, d'obscurs complots se tramerent ; enfin la nouvelle Electre parut, & la rage du Vulgaire affronté éclata. Les premieres représentations furent troublées & interrompues par des clameurs indécentes, par des huées tumultueuses ; on trouva tout froid & insipide, on proscrivit l'Auteur & l'ouvrage, on fronda tout, & on n'écouta rien.

Cependant Sophocle couronné de lauriers immortels, assis sur un Trône d'airain, fouloit aux pieds l'envie qui vouloit entrer dans son cœur. Trop grand pour ne la point connoître, trop généreux pour l'écouter, plus sensible au progrès des Arts qu'à sa propre gloire, il eut voulu être vaincu, il voyoit

avec plaisir la noble émulation que ses succès avoient inspiré au jeune Euripide : si quelque chose flattoit son orgueil Poëtique, c'étoit cette seule idée ; il aimoit, il estimoit sincérement son Rival, il détestoit hautement ces infâmes cabales par lesquelles des amis indiscrets avoient cru le servir.

Qu'est-il enfin arrivé ? Tous ces brouillards se sont dissipés; Sophocle est demeuré en possession de sa gloire, & Euripide éprouvé par le tems, est maintenu dans l'honneur de la comparaison & de la concurrence.

Il est à remarquer que je ne garantis pas absolument mon histoire, mais que je la crois indubitable, en supposant que les hommes d'Athénes ne fussent pas plus sages que ceux de Paris.

Quoi qu'il en soit, le Plan d'Euripide est beaucoup moins noble & moins simple que celui de Sophocle, mais il attache & intéresse davantage. Le Gentilhomme Campagnard me paroît un objet bien petit pour le Cothurne ; mais c'est un homme si vertueux, si bon, si humain, un consolateur si utile à Electre dans ses malheurs, qu'il touche & attendrit infiniment, & que sa charrue & son rateau occupent autant qu'un Sceptre & qu'une Couronne. L'Art du Poëte à sçû ennoblir ces vils objets, & les rendre agréables ;

mais il n'a pû les dénaturer, s'il m'eſt permis de parler ainſi. Un Laboureur eſt toujours un Laboureur, une cabane eſt toujours une cabane; & tout cela ne deviendra digne du Théâtre, que quand la Fable ingénieuſe & touchante de Philemon & Baucis paſſera pour une Tragédie réguliere. Je crois donc que de toute la pauvreté du Mycénien, il ne falloit expoſer aux yeux que ce que M. de Voltaire en a pris.

Venez ſous l'humble toît qu'habite ma vieilleſſe,
Mépriſer des grands Rois la ſuperbe richeſſe.
Venez. Les malheureux me ſont toujours ſacrés.

Nous voyons dans Mérope un magnifique Tableau d'une pauvreté reſpectable. C'eſt le jeune Egyſte, bien différent du nôtre, qui parle.

Si la vertu ſuffit pour faire la nobleſſe,
Ceux dont je tiens le jour, Policlete, Sirris,
Ne ſont point des Mortels dignes de vos mépris.
Le ſort les avilit, mais leur ſage conſtance
Fait reſpecter en eux l'honorable indigence;
Sous ſes ruſtiques toîts mon pere vertueux
Fait le bien, ſuit les Loix, & ne craint que les Dieux.

Si au lieu des traits nobles qui com poſen

ce Tableau, & qui ne laissent appercevoir que dans un juste lointain les horreurs de l'indigence, le Poëte sous prétexte d'imiter la Nature, eût peint au vif des gueux fort honnêtes-gens, mais revêtus de haillons, mangeans d'un air maussade des choux & des navets dans un taudis dégoûtant, & le petit Egyste travaillant sous eux à quelque vil métier; qu'en pensez-vous ? Ces objets n'eussent-ils pas été fort tragiques ?

Je crois par la même raison qu'il faut aussi proscrire la cruche d'Electre, quoiqu'elle peigne assez vivement l'état d'humiliation & d'avilissement où cette Princesse est réduite, & que ce triste Tableau attache toujours, & arrache quelquefois des larmes.

J'avoue que dès le second Acte, je ne vois point de raison à Oreste pour ne se point découvrir à sa sœur.

Il me semble encore que le complot d'Electre, pour attirer Clytemnestre chez-elle, est un artifice bien grossier & bien mal imaginé.

1°. Est-il vrai-semblable que Clytemnestre s'intéressant encore à sa fille, ne soit pas seulement instruite de sa grossesse, dix jours après son accouchement ? Quand on lui apprendra cette incroyable nouvelle, ne rira-t-elle pas avec raison de la grossié-

reté de l'invention, & ne sentira-t-elle pas la trahison qu'on veut lui faire, mais qu'on a trop mal préparée?

2°. Quand même Clytemnestre pourroit croire toutes ces folies, sur quel fondement Electre se persuade-t-elle que sa mere aura la complaisance de se rendre à sa chaumine? Cependant qu'une de ces machines manque, la conjuration est manquée & punie; mais toutes ces mesures devoient manquer infailliblement: le projet est donc ridicule.

Il n'est pourtant pas aussi ridicule qu'il est atroce, & Electre est plus exécrable encore qu'imprudente. Quoi de plus horrible en effet, que d'engager une mere à une action de piété, pour l'attirer dans le piége le plus funeste, & de l'assassiner pour prix de sa tendresse? En vérité, il est bien surprenant que ces Grecs si polis, si humains, si amis de la nature, ayent pû trouver du goût à des horreurs si révoltantes, & que ce chef-d'œuvre d'abomination, cette scéne détestable où Clytemnestre, malgré ses cris & ses priéres, est inhumainement égorgée par ses enfans qui la connoissent, & cela sur le théatre, presque sous les yeux des Spectateurs, se trouve successivement répétée chez eux jusqu'à trois fois; dans Eschyle, qui en a donné l'exemple, dans Sophocle,

qui l'a suivi, & enfin dans Euripide, qui ajoûte encore des circonstances d'atrocité aux scénes déja trop atroces de ses Prédécesseurs.

Je dois dire ici pour l'honneur d'Aristote, qu'il a été effrayé de ce défaut, qu'il en a senti toute l'énormité, & qu'il a enseigné les moyens de le corriger.

L'action de l'Electre d'Euripide finit avec le quatriéme Acte, ce qui rend le cinquiéme un hors-d'œuvre fort inutile.

L'arrivée très-inutile aussi de Castor & de Pollux dans une nuë, est une de ces machines que le bon goût a bannies du Théatre.

Les remords & les adieux d'Electre & d'Oreste sont fort touchans, mais il ne leur appartient pas d'occuper un Acte entier.

Que dirons-nous encore d'Electre qu'on enléve au Mycénien, son légitime époux, qui en est fort content, pour la donner à Pilade qui ne la demande pas, & qui, selon M. Dacier, ne s'applaudit pas du don ? Le P. Brumoi ne releve point cette circonstance; mais en parlant de la chaste alliance du Mycénien avec Electre, il dit assez plaisamment, ce me semble, *que ce mariage sans mariage lui blesse l'imagination*.

Tel est le plan d'Euripide, dont les défauts sont assez frappans, & les beautés beaucoup

coup moins nobles, mais plus attachantes que celles de Sophocle.

Plan de l'Electre de M. DE CREBILLON.

ON me dispensera, je crois, d'exposer acte par acte la fameuse Tragédie d'Electre de M. de Crebillon. Ce seroit un détail inutile, & par conséquent ennuyeux. Cet estimable Poëme est connu autant qu'il mérite de l'être ; c'est pourquoi il me suffira d'indiquer les principaux ressorts qui font mouvoir son action un peu compliquée & chargée d'épisodes agréables, mais étrangers. Les uns précédent l'action, les autres y sont liés nécessairement par une suite de faits que je vais retracer d'une maniére générale, afin qu'on puisse embrasser d'un seul coup d'œil toute l'étendue & les proportions de ce vaste & superbe corps.

Oreste ne se connoît point ; Palaméde son Gouverneur l'a élevé sous le nom de Tidée avec son propre fils, qu'il faisoit passer pour Oreste. Ces trois héros, après avoir promené en divers lieux leur fortune errante, s'embarquent enfin pour Argos, où la vengeance d'Agamemnon & l'ordre des Dieux

les appellent. Une effroyable tempête les sépare ; Oreste est sauvé miraculeusement des flots par le jeune Itis, fils d'Egyste ; il voit Iphianasse sœur d'Itis, il l'aime, il en est aimé ; tout cela se fait avec une rapidité vraiment romanesque.

Les Rois de Corinthe & d'Athénes, ennemis d'Egyste, pressant vivement cet Usurpateur enfermé dans les murs d'Epidaure, sont repoussés & défaits par Oreste, dont la valeur signale ses premiers coups en faveur du meurtrier de son pere. Quand ce Prince voit Electre, il ne peut se refuser aux mouvemens de pitié que ses fers & ses gémissemens lui inspirent ; mais la seule compassion parle, la nature est muette, & l'aspect d'Iphianasse fait bien-tôt évanouir ces foibles velleïtés de venger Electre. Cependant après une très-touchante entrevue avec cette infortunée, Tidée ou Oreste est tellement ébranlé en sa faveur, qu'il refuse avec respect la main d'Iphianasse qu'Egyste lui présente par reconnoissance & par politique. Il se repent bientôt de ce refus généreux, il flotte, il hésite ; enfin Palaméde qu'il croit submergé vient fixer ses incertitudes, & lui montrer son devoir, en lui apprenant qu'il est Oreste, & que Tidée a été enséveli dans les flots. Oreste se découvre à sa sœur : Pa-

lamède les invite l'un & l'autre à venger la mort de leur pere, mort funeste, dont il leur fait une vive & terrible peinture. Il veut lui-même guider leurs coups, les conduire à l'autel où Egyste doit être sacrifié, l'y frapper, & envelopper ses enfans dans sa ruine. A ce mot, l'amour mal éteint se réveille : Oreste demande grace pour Iphianasse, & Electre pour Itis qu'elle aime, & dont elle est adorée. Palamède les fait rougir de leurs ardeurs criminelles, & on part enfin pour la vengeance qui est consommée à la fin du cinquiéme Acte par la mort d'Egyste & de Clytemnestre. Cette Reine frappée par Oreste même dont elle n'est pas reconnue dans la chaleur du combat, vient expirer à ses yeux, furieuse de périr de la main de son fils, qu'elle commence à connoître en ce moment. La Piéce finit par les fureurs d'Oreste.

Jugement du plan de M. DE CREBILLON.

L'EXECUTION admirable de l'Electre de M. de Crebillon nous fait regretter sincérement que cet Auteur vraiment tragique n'ait pas travaillé sur un plan mieux dirigé : il étoit trop éclairé pour ne pas sentir toute

l'irrégularité du sien, & il a suivi l'exemple de Corneille, qui commençoit toujours par s'exécuter lui-même.

» On me reproche, dit M. de Crebillon, » trop de complication dans le sujet : je passe » condamnation. »

C'est peut-être mal fait à moi d'insister sur les défauts d'un grand homme, qui les avoue de si bonne grace ; mais outre que rien n'est plus instructif que les fautes de nos Maîtres, c'est ici une affaire de discussion & de comparaison, où il faut tout examiner scrupuleusement à charge & à décharge.

Je distingue donc deux sortes de ressorts vicieux qui font mouvoir l'action d'Electre : les uns précédent l'action, & lui sont étrangers ; les autres sont renfermés, pour ainsi dire, dans le corps même de la machine. J'ai déja indiqué les uns & les autres, je vais les développer.

Les premiers sont, Oreste sauvé du naufrage par Itis, par le fils du meurtrier de son pere ; Oreste qui conçoit une ardeur soudaine pour la fille d'Egyste, & qui en est aimé en même tems ; les Rois d'Athenes & de Corinthe vaincus & repoussés par sa valeur. Il y a certainement bien loin de tout cela à la vengeance d'Agamemnon : & que servent toutes ces histoires pour l'action

dont il s'agit ? Qu'on me permette encore une autre objection. Oreste est inconnu à lui-même : *cui bono ?* Ce fait paroît surprenant : mais qu'en résulte-t-il ? Rien : ce n'étoit donc point la peine de l'imaginer. Quel étoit d'ailleurs le dessein de Palaméde, en substituant son fils à Oreste, & Oreste à son fils ? Vouloit-il, comme Léontine dans Héraclius, livrer son fils à la mort au lieu du Prince ? il le dit du moins. Mais la tête de Palaméde & de celui qu'on eût crû son fils, étoient-elles beaucoup plus en sûreté que celle d'Oreste ? Egyste ne les eût-il pas aussi immolées à ses craintes & à ses soupçons ? Ce déguisement étoit donc inutile, puisqu'il ne sauvoit point Oreste.

Les ressorts défectueux renfermés dans l'action même, sont ces deux amours déplacés d'Itis & d'Electre, d'Oreste & d'Iphianasse. Il est vrai que l'obligation d'immoler le pere d'un objet chéri, doit rendre en général Electre & Oreste plus à plaindre, & leurs efforts plus généreux. Mais d'un autre côté, cet amour ne peut intéresser que foiblement, parce qu'il n'a point toute son étendue, parce qu'il est coupé & interrompu à chaque instant par des objets qui intéressent davantage.

D'ailleurs, cet amour considéré seulement comme amour, est toujours assez heureux. Oreste aime Iphianasse, il en est aimé; Electre aime Itis qui l'adore; ainsi leurs conversations dégénérent nécessairement en galanteries peu tragiques. C'est pour éviter ces deux inconvéniens qu'on s'est accoûtumé à regarder comme principes incontestables:

1°. Que l'amour dans une Tragédie doit être violent & funeste. S'il est heureux, il ne produit que de galantes Idylles; s'il n'est que triste, il ne produit que d'assez froides Elégies, témoin Bérénice.

Orosmane jaloux, furieux, poignardant de sa propre main une femme qu'il adore, dont il est aimé, dont il croit être trahi, porte jusqu'au fond du cœur le trouble, la terreur & la pitié. Si son amour n'étoit jamais plus traversé que dans le premier Acte, cette piéce charmante, ce chef-d'œuvre d'intérêt & d'attendrissement laisseroit le spectateur trop tranquille.

2°. L'amour Dramatique doit occuper la premiére place, & n'être subordonné à aucun autre intérêt; c'est lui qui doit former le nœud & le dénoûment: rien de plus sage que ce principe. En effet, cette passion si noble, si théatrale, si vive, si variée, im-

pétueuſe dans ſes tranſports, terrible dans ſes fureurs, inexprimable dans ſes plaiſirs ; ce ſentiment vainqueur de tout autre, beaucoup plus tendre que l'amitié & que la nature elle-même, beaucoup plus cruel quelquefois que la haine, aliment néceſſaire & poiſon deſtructeur du cœur de l'homme, emporte néceſſairement dans ſon tourbillon toutes les ſenſations, toutes les facultés de l'ame : il faut donc, ou ne point l'admettre au Théatre, ou l'y étaler dans toute ſa force & dans toute ſon étendue : il n'eſt point fait pour remplir des vuides & des intervalles, ni pour ſervir d'ombre au tableau ; il doit être l'objet principal & même unique.

Un autre défaut capital de ce double amour, c'eſt qu'il n'eſt point dénoüé ; il reſte apparemment tel qu'il a toujours été : mais le ſpectateur ſort ſans en ſavoir de nouvelles, & il s'en paſſe fort bien : cet amour n'a pas pu l'intéreſſer en comparaiſon d'une mere expirante ſous les coups de ſon fils.

M. de Crebillon ſe juſtifie négligemment ſur la complication de ſon ſujet, & il dit : *J'aime mieux l'avoir chargé d'épiſodes que de déclamations.* On ſent bien que ce mot eſt un trait malin décoché contre Sophocle ; mais ne peut-on pas répondre à M. de Cre-

billon qu'il ne falloit le charger ni de déclamations, ni d'épisodes, mais de beautés nées *in proprio solo*.

Je ne dissimule point, comme on voit, les défauts du Plan de M. de Crébillon; mais aujourd'hui les Zélateurs les plus ardens de ce grand Poëte, livrent de bonne grace son Plan à la censure.

D'ailleurs, dans mon Systême, je fais très-peu de tort à une Tragédie, en critiquant son Plan, étant persuadé que le moindre mérite d'une Piéce de Théâtre est la régularité, & qu'une Tragédie très-irréguliere peut aisément effacer une Piéce très-réguliere. N'en avons nous pas mille exemples? Les Piéces de Pradon ne sont-elles pas quelquefois plus exactement construites que celles de Corneille? Cependant, qui peut lire les premieres; qui peut ne pas admirer les secondes?

Il en est de même des Poëmes Epiques. Combien nos François en ont-ils produit, qui plongés aujourd'hui dans l'oubli qu'ils méritent, l'emportoient cependant sur Homere par la constitution noble & bien proportionnée de leurs Fables, même par la beauté des caractères, par l'agrément des situations? mais l'exécution manquoit, & l'exécution fait tout.

Au reste comparons. Le Plan de M. de Crébillon est sans doute bien inférieur à celui de Sophocle ; il est bien moins simple aussi que celui d'Euripide, qui ne l'est cependant pas trop. Mais je crois les défauts du Plan d'Euripide plus grands que ceux de M. de Crébillon. Celui-ci n'a que des Episodes ; l'autre a des absurdités & des fautes choquantes contre la vraisemblance ; l'action du dernier, à l'aide de ses machines & de ses ressorts étrangers, s'étend au moins jusqu'à la fin ; celle d'Euripide finit avec le quatriéme Acte, & le cinquiéme est vraîment un Episode d'autant plus défectueux, qu'il ne sert point, comme ceux de M. de Crébillon, à soutenir la marche de l'action.

Plan de l'Electre ou Oreste de M. de VOLTAIRE.

J'AIME à penser, pour l'honneur du goût du Public, que le sort d'Oreste va changer. Je regarde avec plaisir l'impression de cet excellent Ouvrage, comme le signal de la révolution qui va se faire dans l'esprit des François. Ces préjugés d'un peuple aveuglé vont se dissiper ; il lira Oreste, & il désavouera l'emportement de la Cabale. Les

Censeurs désarmés y chercheront des défauts, & gémiront de n'y trouver que des beautés : les gens désintéressés mettront cette Tragédie au rang des meilleures du Théâtre François. En mon particulier, je me glorifie de l'avoir lûe jusqu'à dix fois, & de l'avoir trouvé plus belle à la dixiéme lecture qu'à la premiere.

C'est avoir profité que de sçavoir s'y plaire.
Boileau, Art poët.

Voici le Tableau croqué de ce chef-d'œuvre trop peu goûté, monument éternel de l'injustice du Public, & des triomphes d'une Cabale.

Le cruel Egyste & sa femme alloient tous les ans insulter Agamemnon sur son tombeau, en renouvellant la pompe inhumaine du Festin où ce Héros avoit été immolé, le Tyran amene Electre à ces horribles solemnités, moitié par haine pour la braver & l'humilier, moitié par politique, de peur qu'en son absence elle ne soulevât le peuple d'Argos.

Egyste apprend à Clytemnestre qu'il vient d'envoyer Plisthéne son fils chercher Oreste à Epidaure, où l'on dit qu'il respire. Cependant Oreste & Pilade jettés par la tempête

ſur cette terre inconnue, ayant tout perdu, tréſors, armes, ſoldats, n'eſpérent plus que dans l'appui des Dieux, par l'ordre deſquels ils s'étoient embarqués. Leur entretien intéreſſant nous apprend que Pliſthéne eſt tombé ſous les coups d'Oreſte, & que ſes cendres ſont recueillies dans une urne, qui ſervira à tromper le Tyran, à qui on perſuadera qu'elle renferme les cendres d'Oreſte. Ce projet s'exécute d'abord avec aſſez de ſuccès; le Tyran abuſé par les apparences les plus fortes, croit Oreſte mort, & laiſſe éclatter ſa joie barbare; il donne Electre pour récompenſe à celui qu'il croit l'aſſaſſin d'Oreſte, & qui eſt Oreſte lui-même. Electre furieuſe veut immoler ſon nouveau Maître & le meurtrier de ſon frere; elle reconnoît Oreſte; mais bientôt on reçoit la nouvelle de la mort de Pliſthéne; les deux Etrangers ſont ſoupçonnés, arrêtés, condamnés & conduits au trépas; le peuple ſe ſouleve en leur faveur, les dérobe à la rage du Tyran qui ſuccombe à ſon tour. Oreſte, d'un coup malheureux conduit par la main des Dieux vengeurs, frappe à la fois Egyſte & Clytemneſtre.

Jugement du Plan de l'Oreste de M. de VOLTAIRE.

AUSSI-TÔT que j'aurai découvert quelque défaut dans la construction de ce Plan, j'aurai l'honneur assurément d'en avertir le public. Jusqu'ici mes recherches ont été vaines. J'y vois seulement autant que ma vûe peut s'étendre, un art d'autant plus charmant qu'il a tous les traits du naturel: j'y vois par-tout une simplicité noble, beaucoup plus intéressante & plus nourrie que celle de Sophocle, un nœud fortement serré & habilement denoué par une grande révolution préparée dès le commencement. Je ne parle encore ni des caractéres, ni des situations qui seront examinés en détail.

OBJECTION.

J'ai vû des personnes d'esprit & de goût reprocher un seul défaut à ce plan qui leur paroissoit parfait d'ailleurs. Oreste chez M. de Crebillon tue Clytemnestre dans la chaleur du combat, sans la voir: Corneille, d'après Aristote, nous a dit que c'étoit à-peu-près là le seul moyen de mettre cet événement tragique sur la Scéne, sans révolter

tous les esprits ; mais dans M. de Voltaire, Oreste tue Egyste de sang froid au tombeau d'Agamemnon. Pourquoi laissoit-il entrer Clytemnestre dans ce tombeau ? Comment du moins a-t'il pû dans cette situation tranquille méconnoître une mere qu'il vouloit épargner ?

REPONSE.

Mais 1°. l'ordre irrévocable du Destin ne suffit-il pas pour détruire cette objection ? Les Dieux vouloient punir Clytemnestre par son fils ; ils ont aveuglé Oreste, ils ont dirigé ses coups. Combien d'événemens extraordinaires qu'on voit arriver de tems en tems n'arriveroient jamais sans ces aveuglemens envoyés par une main souveraine !

2°. D'ailleurs, ces Messieurs n'en voyent-ils pas plus qu'on ne leur en dit ? Il est vrai que Pammene nous annonce que le tombeau d'Agamemnon est l'autel où doit couler le sang d'Egyste. Mais que nous dit Oreste, lorsque le sacrifice est consommé ? ces deux mots terribles :

Elle a voulu sauver . . . . .
Et les perçant tous deux......je ne puis achever.

Comment cet événement horrible est-il

arrivé ? on n'en ſçait rien, Oreſte eſt trop agité pour nous l'apprendre. Cet affreux myſtére ne pouvoit être couvert d'un voile trop épais, & il me paroît avoir chez M. de Voltaire le dégré précis d'obſcurité qui lui convient. Qui ſçait comment le crime a été conſommé ? Qui nous empêche de penſer que Clytemneſtre par ſes tranſports, ſon déſeſpoir & ſa tendreſſe pour ſon époux, a excité un nouveau tumulte, dans la chaleur duquel il a frappé Clytemneſtre avec Egyſte ſans la voir. Tout fermentoit encore, tout étoit en feu, par conſéquent tout étoit poſſible. Enfin cet événement funeſte eſt enveloppé des ombres qui lui conviennent, & j'oſe trouver le dénouement de M. de Crebillon plus répréhenſible. En effet, Oreſte ignore ſon parricide involontaire ; c'eſt Palaméde qui en a été témoin, & qui le lui apprend : & pourquoi le lui apprendre ? pourquoi aſſûrer qu'il l'a vû ? Si Palaméde ne l'eût pas dit, perſonne n'eût oſé le dire, & cela eût été beaucoup mieux ; mais il falloit un dénouement ſans atrocité, & cela n'étoit point facile.

M. de Voltaire a changé la forme de cette cataſtrophe, ou plûtôt il l'a rétablie telle qu'elle étoit à la premiére repréſentation. on entend les cris de Clytemneſtre qui veut

ſauver Egyſte, & qui reçoit le coup mortel. Je ſens parfaitement toute la force tragique de ces cris & toute l'horreur qu'ils doivent inſpirer : mais outre que ce dénouement reſſemble peut-être un peu trop à la mort de Céſar, il eſt certain que quand Oreſte reparoît ſur la Scéne, tout le monde eſt inſtruit du coup malheureux qu'il vient de frapper. Dès-lors plus de ſurpriſe ; par conſéquent beaucoup moins d'agitation : la derniére Scéne ſouffre néceſſairement de la beauté de la Scéne précédente.

Quoi de plus frappant au contraire que de voir, comme dans l'autre dénouement, les ſœurs d'Oreſte voler pleines de joie entre les bras de leur frere, pour le féliciter de ſa victoire ; & ce frere éperdu, frémiſſant, les repouſſer avec horreur, & leur apprendre ſon malheur & ſon crime par des termes myſtérieux, terribles, & entrecoupés des accens du déſeſpoir ? Quelle ſurpriſe, quelle terreur, quel coup de théatre !

Cependant M. de Voltaire prétend que cette Cataſtrophe eſt un affoibliſſement de premiére, & qu'il a été obligé de s'y prêter par pure condeſcendance pour la foibleſſe des Spectateurs. Je n'ai rien à dire à cela ; M. de Voltaire s'y connoît mieux que moi, mais je me contenterois de ſçavoir embellir comme il ſçait affoiblir.

Je ne finirois jamais, si je prétendois dévélopper ici toutes les beautés du plan de M. de Voltaire. Je me contenterai de faire voir d'abord combien il est supérieur à ses Prédécesseurs, en ce qu'il a imité d'eux.

I.

Il faut se rappeller que dans l'Electre de Sophocle, Chrysothemis vient pleine d'empressement & de joie, annoncer à sa sœur l'arrivée d'Oreste, & elle n'en a d'autre preuve qu'une offrande faite sur le tombeau d'Agamemnon, des cheveux qu'elle ne peut reconnoître, &c. cela est bien léger ; aussi Euripide s'est-il moqué de la reconnoissance d'Eschyle, qui ne la fonde que sur des preuves à-peu-près semblables : du moins les Sçavans (qui s'y connoissent) prétendent trouver dans la Scene du Gouverneur une ironie contre Eschyle ; je le veux croire pour l'amour d'eux. Il est certain du moins que dans Euripide, Electre, loin de conclure le retour d'Oreste du sacrifice offert à Agamemnon, attribue cette offrande à la piété de quelque bon citoyen, fidéle à la mémoire de ce Monarque infortuné.

Mais la crédulité d'Electre dans M. de Crebillon est bien plus hazardée encore que celle de Chrysothemis, puisque Chrysothemis

themis a ſujet au moins de croire ſon frere vivant, au lieu qu'Electre a vu un temoin de ſa mort, qui lui en a confirmé la nouvelle; & cependant ſur l'apparence frivole que lui offre le tombeau de ſon pere orné de fleurs, & couvert d'une épée, elle croit qu'Oreſte vit, & qu'il eſt de retour à Mycenes. Tidée qui a vu périr Oreſte, vient lui dire que le Ciel arme en faveur du ſang d'Agamemnon un bras ineſperé, & que Palaméde eſt arrivé. Electre demande ſon frere; Tidée lui rappelle qu'Oreſte a perdu la vie; Electre n'en veut rien croire : elle a vu une marque aſſûrée de ſon retour:

Le tombeau de ſon pere encor mouillé *de pleurs.*
Qui les auroit verſés ? qui l'eût couvert de fleurs?
Qui l'eût orné d'un fer ?

Tidée pouvoit répondre : *Moi-même,* Madame ; d'ailleurs je vous annonce le retour d'un homme qui en eſt très-capable encore, c'eſt Palaméde ; ainſi vous cherchez vainement à vous flatter.

Je ſçais bien que cette crédulité d'Electre n'eſt pas un grand défaut; parce que l'on croit volontiers ce qu'on déſire : mais enfin,

Eſt modus in rebus, ſunt certi denique fines,
Quos ultrà citràque nequit conſiſtere rectum.

M. de Voltaire a bien mieux tiré parti de ces ſymptômes du retour d'Oreſte. Electre au déſeſpoir eſt conſolée par Chryſothemis, qui a vu deux Etrangers, dont l'un ſur-tout l'a frappé. Il a l'air, le port, la démarche des héros, & les traits dont on peint Agamemnon. Ces deux Etrangers ſe cachent chez Pammene (circonſtance remarquable) elle paſſe enſuite par le tombeau de ſon pere ; elle y voit entr'autres offrandes des cheveux tels que ceux du héros, dont les traits l'avoient frappée : tous ces ſignes réunis ſont très-capables d'ébranler ; cependant Electre ajoute :

Mais n'eſt-ce point un piége
Que tend de nos tyrans la fourbe ſacrilége ?

Ce ſoupçon eſt naturel, & c'eſt encore un trait qui ne devoit point échapper à M. de Crébillon.

II.

PALAMEDE défend à Oreſte de ſe découvrir à ſa ſœur, parce qu'il craint les tranſports indiſcrets de cette ſœur trop tendre ; ce motif n'eſt pas aſſez fort, & Electre a raiſon de dire :

Eſt-ce de moi, cruel, qu'il faut vous défier ?

Dans M. de Voltaire, outre ce motif, il y en a encore un plus fort, c'eſt l'Oracle qui menace Oreſte des plus horribles fleaux, quand il ſe ſera découvert.

D'ailleurs, une réflexion plus délicate qui ne doit pas échapper ici, c'eſt que le motif même tiré de la tendreſſe indiſcrete d'Electre, ſe trouve juſtifié dans M. de Voltaire; puiſque deux Scénes après la reconnoiſſance, Electre par ſa douleur exceſſive, lorſqu'elle voit arrêter les deux Grecs, fait ſoupçonner à Egyſte que l'un des deux eſt Oreſte, & le déclare à Clytemneſtre; au lieu que M. de Crébillon, qui n'avoit que ce ſeul motif d'empêcher Oreſte de ſe découvrir à ſa ſœur, n'a jamais mis Electre en ſituation de trembler pour ſon frere, ni de juſtifier ce motif.

III.

M. de Voltaire a pris l'idée de l'urne dans Sophocle; mais combien cette idée eſt embellie & rendue terrible! L'urne de Sophocle ne contient rien, ou tout au plus des cendres fort indifférentes; celle de M. de Voltaire renferme les cendres du fils d'Egyſte même; ces cendres ſont préſentées au Tyran par le propre Vainqueur de ſon fils, & je prie de conſidérer qu'on ſçait bien meilleur

gré à Oreſte du ſeul coup qu'il a fait en donnant à Pliſthéne la mort que ce Prince étoit allé lui donner, & en vengeant ainſi en partie celle de ſon pere, que de toutes les victoires qu'il remporte chez M. de Crébillon ſur les Rois d'Athénes & de Corinthe en faveur du meurtrier même d'Agamemnon.

IV.

Le ſujet d'Electre ſuppoſe néceſſairement une révolution générale des Mycéniens, en faveur de la race d'Agamemnon. Sophocle, par une bizarrerie qui n'eſt pardonnable qu'à ſon antiquité n'en dit pas un ſeul mot. Il ne tient qu'à nous de croire qu'Oreſte & Electre vont être punis comme meurtriers d'un Roi & comme parricides. Euripide s'eſt tiré d'affaire, en faiſant paſſer les coupables en pays étranger, ſous la ſauvegarde de Caſtor & de Pollux; d'ailleurs, il a fait depuis un *Oreſte*, qui eſt une ſuite de ſon *Electre*, & où l'on voit ces deux parricides jugés & condamnés ſolemnellement.

M. de Crébillon a fort bien ſenti la néceſſité indiſpenſable de la révolution; mais on me permettra de dire qu'il ne l'a point ménagée avec aſſez d'art, & qu'elle arrive trop bruſquement à ſon comble, ſans paſſer

par les degrés & les développemens nécessaires. Cette perfection étoit réservée à M. de Voltaire, & je vais le prouver.

Dès le premier Acte, Egyste nous déclare ses soupçons & ses inquiétudes au sujet d'Oreste.

On n'en parle que trop, & depuis plus d'un jour,
Partout le nom d'Oreste a blessé mon oreille,
Et ma juste colére à ce bruit se réveille.

La révolution commençoit donc dès-lors; elle étoit même déja assez avancée, puisque le nom d'Oreste étoit insolemment porté jusqu'aux oreilles d'Egyste. Voyons-la se développer par degrés. Au commencement du troisiéme Acte, Pamméne rend compte à Oreste des démarches qu'il a déja faites parmi ses amis & parmi le peuple, en faveur d'Oreste : ses soins ont très-bien réussi.

Le cœur s'ouvre aux grands noms d'Oreste & de patrie !
Tout semble autour de moi sortir d'un long sommeil;
La vengeance assoupie est au jour du reveil :
Et le peu d'habitans de ces tristes retraites,
Leve les mains au ciel, & demande où vous êtes.

Dans la sixiéme Scéne du quatriéme Acte, Pilade envoye Pamméne travailler à l'exécution de ce grand projet.

Ami prudent & sage,
Va revoir nos amis, acheve ton ouvrage.

Dans le cinquiéme Acte, Electre demande avec empressement à Iphise:

Que fait Pammene?

IPHISE.

Il a dans ces périls pressans
Ranimé la lenteur de ses débiles ans.
L'infortune lui donne une force nouvelle;
Il parle à nos amis, il excite leur zéle:
Ceux-même dont Egyste est toujours entouré,
A ce grand nom d'Oreste ont soudain murmuré.
J'ai vu de vieux soldats qui servoient sous le pere,
S'attendrir sur le fils, & frémir de colére.
Tant aux cœurs des humains la justice & les loix,
Même aux plus endurcis font entendre leur voix!

Que cet orage vienne à éclatter & à fondre sur la tête d'Egyste, après ce qu'on a vû, cela n'aura certainement point l'air d'une machine: on n'aura que le degré de surprise nécessaire pour former un coup de Théâtre agréable, lorsqu'on verra Pilade annoncer aux Princesses leur liberté, la victoire d'Oreste & tous les fruits heureux de cette révolution, disposée avec une œconomie si charmante.

Ainsi, en dépit de l'envie, le Plan de M. de Voltaire doit avoir la préférence sur celui de M. de Crébillon, sur celui d'Euripide & même sur celui de Sophocle. Je n'ai comparé que les beautés analogues ; mais les beautés particulieres du Plan de M. de Voltaire, l'emportent encore bien davantage sur les beautés particulieres des autres Plans, comme on l'a déja pû voir, & comme on le pourra voir encore à l'article des situations.

Je ne puis m'empêcher de faire remarquer ici comme une beauté propre à M. de Voltaire, (beauté à laquelle je n'ai encore rien vû jusqu'aujourd'hui de comparable) la fameuse Scéne des Equivoques, Scéne aussi ingénieuse que terrible, & qui méritoit du moins des Spectateurs raisonnables. Oreste, par une suite de circonstances heureuses & de discours équivoques & adroits, trouve le secret de se donner pour le meurtrier d'Oreste, sans qu'il lui en coûte un mot contre la vérité, il jouit des larmes de Clytemnestre à la faveur de ce déguisement ; mais ces larmes le troublent, l'attendrissent, & lui font oublier son personnage cruel ; il s'égare, il s'emporte jusqu'à faire l'Apologie des sentimens d'Oreste pour sa mere. Le Tyran s'étonne, Pilade frémit & raccommode tout ; mais sa haine contre Egyste, sa piété pour

Clytemnestre, son respect pour Agamemnon, son désir de le venger, percent, éclatent malgré ses efforts, & font trembler Pilade & les Spectateurs, tandis que par un effet de l'art inimitable avec lequel cette charmante Scéne est conduite, Egyste & Clytemnestre sont les seuls qui ne peuvent se douter de rien.

Si cette Scéne eût été dans Sophocle ou dans Euripide, Boileau se fût mis à genoux devant elle, il eût versé des larmes de joye, de tendresse & d'admiration, & Perrault lui eût dit :

Loin de blamer vos pleurs, je suis prêt de pleurer.

Le Tyran, pour récompenser Oreste de l'avoir défait de son ennemi, lui donne Electre pour esclave malgré Clytemnestre; Pilade resté seul avec Oreste, lui dit : Cher Prince, vous m'avez fait trembler.

Dans vos émotions j'ai vu votre ame altiére,
A l'aspect du Tyran s'élancer toute entiére.

Oreste est effrayé de ce que Clytemnestre lui a dit qu'elle étoit menacée de mourir de la main de son fils.

Ces sortes de Scénes placées à la suite d'une Scéne d'éclat sont extrêmement heureuses,

reuſes, parce qu'elles rappellent vivement tous les traits qui ont pû échapper. C'eſt un verre qui raſſemble tous les rayons du Soleil dans un même foyer.

Pamméne vient annoncer qu'un Courier arrivé d'Epidaure a ſemé la nouvelle du trépas de Pliſthéne ; que de nouveaux Couriers ſont encore attendus, qui indiqueront ſans doute le bras qui a tranché ſa vie. Ici redouble le danger d'Oreſte, qui ira toujours croiſſant juſqu'à la cataſtrophe, j'aurois bien dit la *Péripétie*, ſi j'avois voulu en impoſer aux gens.

C'eſt ainſi que dans Oreſte tout eſt action & mouvement; le Spectateur ne reſte jamais dans une ſituation tranquille, il eſt toujours ou effrayé ou attendri.

CARACTERES.

ELECTRE.

Electre eſt à peu-près la même chez les quatre Poëtes, excepté qu'elle eſt féroce & dénaturée chez les deux Anciens, ſur-tout chez Euripide, & qu'elle n'eſt que fiére, courageuſe, & un peu emportée chez les deux derniers.

Je trouve ſeulement dans l'Electre de M.

de Voltaire, (outre les traits communs aux deux Poëtes,) certains traits particuliers d'une fierté noble & délicate, ausquels je ne vois rien ailleurs de comparable. Par exemple, dans le cinquiéme Acte, lorsque tous les Atrides sont aux pieds d'Egyste pour implorer la grace d'Oreste, Electre comme les autres, est contrainte de déposer son orgueil aux pieds du Tyran : on croit qu'elle va prendre un ton & des discours de suppliante; que dit-elle au contraire?

Eh bien! j'ai donc connu la bassesse & l'effroi;
Je fais ce que jamais je n'aurois fait pour moi.
Cruel! si ton courroux peut épargner mon frere,
(Je ne peux oublier le meurtre de mon pere.)
Mais je pourrois du moins, muette à ton aspect,
Me forcer au silence, & peut-être au respect.

On sent combien il y a d'esprit & de délicatesse dans ce mélange heureux de priéres & de menaces.

Telle est Electre, toujours ferme au milieu des fers, supérieure aux disgraces & aux coups du sort. Ses retours de tendresse vers Clytemnestre dans le quatriéme & cinquiéme Acte sont extrêmement touchans.

Il est une espéce de gens admirateurs immodérés du grand Corneille, moins pour ses beautés qu'ils ne sentent peut-être pas

assez, que parce que leurs grands peres leur ont dit qu'il falloit l'admirer. Ces Messieurs, de peur d'y manquer, avoient proscrit Oreste long-tems avant de l'avoir vu : ils ont depuis confirmé leur décision précoce. Leur plus violent grief est sur-tout contre le caractére d'Electre. *Elle crie*, disent-ils, *cette Electre*, & voilà son procès tout fait ; car ces Messieurs n'aiment pas qu'on crie. Je n'ai garde assûrément de les contredire : Electre crie sans doute ; mais Cléopatre dans Rodogune, & sur-tout Camille dans les Horaces, crient aussi, & de toutes leurs forces, & leurs cris sont admirés par nos censeurs qui ne s'en souvenoient plus. Ouvrons Racine : Clytemnestre crie dans Iphigénie, Hermione crie dans Andromaque, & tout le monde est touché de leurs cris. Je crois pouvoir conclure de ces exemples qu'il n'y a nul péché à crier, pourvû qu'on crie à propos & avec éloquence. Voyons donc si Electre crie à propos, c'est-à-dire, avec raison. Fille du Roi des Rois, elle languit dans les fers d'un Tyran meurtrier de son pere. Son avilissement présent égale sa grandeur passée. Pour comble d'horreurs, on lui offre la main du fils de son bourreau, & c'est sa mere qui la lui offre. Elle croit Oreste mort, Oreste son seul espoir & son unique

bien : elle pleure sur sa cendre ; le Tyran la lui arrache indignement, & pour combler la mesure des forfaits & de la barbarie, il veut qu'Electre soit le prix du sang de son frere & l'esclave du meurtrier. En vérité, ces Messieurs ont beau dire, ils crieroient à moins, je conviens qu'ils ne crieroient pas si éloquemment.

Mais c'est encore une chose qu'ils contestent : Electre, selon eux, crie sans dignité & sans éloquence ; je veux les en croire : mais il faut auparavant renoncer à toutes les idées que la lecture d'Homére, de Virgile, de Corneille & de Racine nous avoit données de l'éloquence poëtique, & cela est un peu dur.

IPHISE.

L'Iphise de M. de Voltaire est précisément la Chrysothemis de Sophocle.

EGYSTE.

Egyste dans Sophocle arrive à point-nommé pour être tué. On dit seulement en son absence qu'il est fort méchant, mais c'est Electre qui le dit, & c'est un témoin récusable.

Dans Euripide on n'a pas l'honneur de le voir vivant ; il ne paroît que quand il est mort.

Dans nos deux Modernes, il est le même précisément, cruel, impérieux, défiant, ombrageux; c'est le caractére né des Usurpateurs : il est cependant reconnoissant chez tous les deux. Chez M. de Crebillon, il offre sa fille en mariage au héros qui l'a défendu; chez M. de Voltaire, il donne Electre pour esclave au jeune Etranger qui l'a défait d'Oreste. Si dans le cinquiéme Acte de la nouvelle Tragédie, il voit une famille entiére pleurer à ses pieds, sans en être ému, il a un fils à venger; ainsi tout est compensé : il n'est ni plus ni moins cruel chez l'un que chez l'autre.

CLYTEMNESTRE.

Pour Clytemnestre, on me permettra de dire que son caractere très-vicieux dans Sophocle & dans M. de Crebillon, nullement développé dans Euripide, où elle ne paroît que pour disputer & mourir, est parfaitement intéressant dans M. de Voltaire.

Dans Sophocle, Clytemnestre toujours très-dure pour Electre, apprenant la mort d'Oreste, y paroît sensible un moment, & s'en console aussitôt. Dans M. de Crébillon, elle entend dire à Egyste qu'il a mis à prix la tête de ce malheureux Prince, & elle, sa mere, ne dit pas un mot pour empêcher

cette barbarie. Cependant elle n'a d'autre raiſon de le haïr & de le craindre, qu'un ſonge confus dans lequel elle a été menacée d'un monſtre formé de ſon ſang & de celui d'Agamemnon.

Dans M. de Voltaire, c'eſt l'Oracle qui a parlé, qui a déclaré qu'elle périroit de la main de ſon fils Oreſte; cependant lorſqu'Egyſte lui apprend qu'il a fait partir Pliſthéne, pour immoler ce Prince dangereux, Clytemneſtre s'écrie:

Egyſte, vous ſçavez qui j'ai privé du jour.....
Le fils que j'ai nourri périroit à ſon tour.
Ah! de mes jours uſés le déplorable reſte,
Doit-il être acheté par un prix ſi funeſte?

& plus bas:

Ce n'eſt pas que pour vous mon amitié s'altére;
Il n'eſt point d'intérêt que mon cœur vous préfére:
Mais une fille eſclave, un fils abandonné,
Un fils, mon ennemi, peut être aſſaſſiné,
Et qui, s'il eſt vivant, me condamne & m'abhore:
L'idée en eſt affreuſe, & je ſuis mere encore.

Avec quelle douceur & quelle bonté elle parle à ſes filles! Que le cœur d'une mere éclatte bien dans ſes douleurs!

Je rends grace au deſtin dont la rigueur utile
De mon ſecond époux rendit l'hymen ſtérile.

Et qui n'a pas formé dans mon funeste flanc
Un sang que j'aurois vu l'ennemi de mon sang.

. . . .

Mes filles devant moi ne sont point étrangéres ;
Même en dépit d'Egyste elles m'ont été cheres.

. . . .

Je voudrois dans le sein de ma famille entiére
Finir un jour en paix ma fatale carriére.

Elle dit à Electre, qui se plaint d'elle un peu trop amérement :

Modérez vos fureurs, & sachez aujourd'hui,
Plus humble en vos chagrins, respecter mon ennui.
Vous pensez que je viens pompeuse & triomphante,
Conduire dans la joye une pompe éclatante.
Electre, cette fête est un jour de douleur :
Vous pleurez dans les fers, & moi dans ma grandeur.

J'ai déja parlé des sentimens qu'elle fait paroître, lorsqu'elle voit l'urne où elle croit les cendres de son fils renfermées.

Mais quand elle apprend que son fils est vivant, qu'il est arrêté, qu'Egyste le tient sous sa puissance, & que ses jours sont menacés, elle dit à Electre, qu'elle voit furieuse contre elle :

Non, ta fureur nouvelle
Ne peut même affoiblir ma bonté maternelle.

Je le prens sous ma garde, il pourra m'en punir.....
Son nom seul me prépare un cruel avenir..........
N'importe....., je suis mere, il suffit, inhumaine,
J'aime encor mes enfans.....tu peux garder ta haine..

Elle demande la grace de son fils, & quand elle est refusée, elle s'emporte jusqu'à la menace.

Egyste, c'en est trop, c'est trop braver peut-être
Et la veuve & le sang du Roi qui fut ton maître,

. . . .

Tu trouveras sa mere encor plus que ses sœurs..

. . . .

Je t'aimai, tu le sçais, c'est un de mes forfaits;
Et le crime subsiste ainsi que mes bienfaits.
Mais enfin de mon sang mes mains seront avares;
Je l'ai trop prodigué pour des époux barbares:
J'arrêterai ton bras levé pour le verser;
Tremble, tu me connois.......tremble de m'offenser..

Egyste sort, Clytemnestre vole sur ses traces pour défendre son fils; mais par un effet de la révolution dont j'ai parlé, c'est Egyste qui succombe, & qui est conduit au trépas, c'est pour lui alors que Clytemnestre s'intéresse, qu'elle combat & qu'elle meurt.

Je soutiens que tel devoit être le caractère de Clytemnestre, partagée entre un époux pour qui elle s'est rendue criminelle, & des enfans qu'elle a toujours aimés, même en les

craignant. Notre Iphigénie en Aulide, aussi-bien que celle des Anciens, nous a accoûtumés à regarder Clytemnestre comme une excellente mere ; pourquoi lui ôter cette vertu qui rend son caractère si intéressant & sa situation si tragique par les combats qu'elle lui fait essuyer ?

D'ailleurs, une femme peu faite pour le crime, qui en a commis un plus par foiblesse que par noirceur, qui voit le jour où elle va l'expier, doit dans les régles Dramatiques, avoir des pressentimens de son malheur ; être troublée, irrésolue, incertaine ; craindre les Dieux, s'humilier sous leur main vengeresse, chercher à les appaiser, sentir des remords, s'y livrer, vouloir sincérement, mais trop-tard, embrasser la vertu ; ces femmes forcenées qui meurent sur la Scéne avec la rage des Furies, peuvent étonner, mais n'intéressent point. Comparez la Catastrophe des deux Sémiramis, on pleure à la derniere, on est froid à la premiere. Phédre intéresse tout autrement que la Cléopatre de Rodogune ; pourquoi cela ? C'est que rien ne ressemble tant à l'innocence que le repentir du crime.

Il y avoit encore une autre raison pour peindre Clytemnestre telle qu'on la voit ici ; c'est le puissant motif de la variété. Egyste

méchant, Clytemnestre méchante, cela eût été trop uniforme : il falloit un contraste ; & pouvoit-on en imaginer un plus intéressant ?

(C'est la même raison qui rend le caractère d'Iphise frappant par son opposition marquée avec celui d'Electre.

Ces deux Princesses se caractérisent elles-mêmes parfaitement par une seule réflexion qu'elles font l'une & l'autre sur le mot de Clytemnestre :

Mes filles, demeurez.

IPHISE.

Hélas ! ce nom sacré dissipe mes allarmes.

ELECTRE.

Ce nom jadis si saint redouble encor mes larmes.)

Tandis que je suis en train, je ne veux pas laisser pierre sur pierre à toutes les objections qu'on éleve contre Clytemnestre. C'est, dit-on, un caractère mal-soutenu. Mais j'arrête-là les Censeurs, & je leur demande : Qu'entendez-vous par un caractère bien soutenu ? Est-ce un caractère qui paroît tel jusqu'à la fin qu'il s'est montré dès l'abord ? Clytemnestre n'a certainement aucun juste reproche à craindre de ce côté-là. Est-ce un caractère conforme aux idées que l'Histoire

ou la Fable nous en donnent? Nous venons de voir que Clytemnestre est la même dans Oreste & dans la Fable.

Je trouve un peu plus raisonnables les allarmes de certaines personnes, qui craignent que le caractère de Clytemnestre ne nuise un peu à celui d'Electre, en ramenant sur soi la meilleure partie de l'intérêt; mais supposons que cela sût ainsi, seroit-ce donc un si grand mal? Quel est le véritable sujet d'Electre? c'est la vengeance d'Agamemnon. Sur qui? sur Clytemnestre autant que sur Egyste. C'est une épouse barbare, mais une mere tendre qui doit périr sous les coups d'un fils. Clytemnestre est donc en effet le principal personnage du Sujet traité jusqu'à présent sous les noms d'Electre ou d'Oreste. Il ne seroit donc point contre le bon ordre qu'elle intéressât autant ou plus que les autres personnages; mais pour dissiper toutes ces vapeurs légeres, il suffit d'observer que l'intérêt se rapporte parfaitement au titre, qu'il ne réside dans sa plénitude, ni sur Clytemnestre ni sur Electre, mais sur Oreste seul, & qu'il se partage seulement dans une juste proportion entre les autres personnages.

Si je réfute avec un soin si scrupuleux toutes les objections qu'on a jamais pû proposer contre Clytemnestre, c'est par respect pour

des Dames qui me les ont faites, & qui ont cent fois plus d'esprit qu'il n'en falloit pour ne les point faire.

ORESTE.

ORESTE dans Sophocle, dans Euripide & dans M. de Voltaire, est ce qu'il doit être, uniquement occupé de la vengeance d'Agamemnon ; il est le même chez ces trois Poëtes, à l'atrocité près que les Anciens lui ont donnée, & dont il est bien éloigné chez nos Modernes.

Dans M. de Crébillon, Oreste ne seroit sans Palaméde qu'un Héros ordinaire, qu'un Guerrier intrépide & heureux ; il avoit besoin de ce sage Gouverneur pour suivre son devoir. Cette Scéne où Palaméde rend Oreste à lui-même, est vraîment admirable ; voici cependant une tache que j'y trouve.

Oreste par son inaction avoit mérité le reproche que lui fait Palaméde :

Juste ciel ! se peut-il qu'à l'aspect de ces lieux,
Fumans encor d'un sang pour lui si précieux,
Dans le fond de son cœur la voix de la nature
N'excite en ce moment ni trouble ni murmure !

Oreste qui ne se connoît point encore répond :

Et que m'importe à moi le sang d'Agamemnon ?

Palaméde alors lui déclare qu'il est Oreste, & Oreste s'écrie :

Je ne sçais quelle voix crie au fond de mon cœur :
Hélas ! malgré l'amour qui cherche à le surprendre,
Mon pere mieux que vous a sçu s'y faire entendre.

En vérité il n'y paroissoit gueres, & cette fanfaronnade de sentiment qui vient après-coup, est un peu déplacée. C'est un grand art que celui de faire bien parler la Nature, lorsqu'elle ne se connoît point. M. de Crébillon nous en avoit donné un modéle accompli dans une Scéne de son Atrée entre Thyeste & Plisthéne qui commence par ce vers ;

Prince qu'un tendre soin dans mon sort intéresse, &c.

il a un peu négligé cette partie dans son Electre, & M. de Voltaire en a profité.

PAMMENE & PALAMEDE.

Le Pamméne de M. de Voltaire est le Gouverneur de Sophocle & le Gentilhomme d'Euripide décrassé ; c'est un serviteur zélé d'Agamemnon & du sang des Atrides ; un Citoyen fidéle, juste, vertueux, un pauvre respectable, un consolateur utile des Princesses, un instrument nécessaire à la ven-

geance d'Agamemnon ; il ne joue pas un si grand rôle que le Palaméde de M. de Crébillon, parce qu'on n'a point dégradé les principaux personnages pour l'embellir.

Ce Palaméde en effet est le principal mobile de l'action de M. de Crébillon. Son caractère est admirable & trop beau peut-être pour un personnage subalterne, il éclipse tous les autres, & M. de Crébillon semble avoir endormi exprès ses principaux personnages dans une molle tendresse, pour faire briller davantage la vigilance de ce courageux Gouverneur.

PILADE.

Mais que dirons-nous de Pilade que les Anciens ont condamné à être une ombre muette attachée aux pas d'Oreste ? il ne dit mot dans Sophocle, mot dans Euripide, pas même lorsqu'on lui donne Electre ? M. de Crébillon a fort bien senti qu'il valoit mieux l'écarter entiérement, que de charger sa Piéce de ce bagage inutile ; M. de Voltaire le reproduit ; mais il lui donne un caractère, il le fait parler & agir ; son personnage est admirable, c'est le Héros de l'amitié. Quels soins, quelle attention pour préserver son ami des dangers qui le ménacent ! quelle générosité lorsqu'on l'arrête ! songe-t-il à son propre

malheur ? Non, il n'eſt occupé que d'Oreſte, il le montre à Egyſte, il s'écrie :

De ce héros du moins reſpecte la jeuneſſe.

Quelle part n'a-t-il point avec Pamméne à la grande révolution ! Enfin, quand ſon ami parricide & déſeſpéré s'enfuit aux champs de la Tauride, Pilade eſt le ſeul qui l'y accompagne.

Ah ! dans tes châtimens dût le ciel m'entraîner,
Viens, jamais ton ami ne peut t'abandonner.

Je prie toutes les perſonnes ſages de vouloir bien obſerver que M. de Voltaire a conſtruit ſa Piéce entiére ſans les Epiſodes de M. de Crébillon, ſans le Chœur de Sophocle & d'Euripide, & qui plus eſt, ſans les confidens qui ont coûtume de remplacer le Chœur des Anciens ; c'eſt cette même ſimplicité qui fait que ſa Piéce attache d'un bout à l'autre, parce que tous les perſonnages qui occupent la Scéne ſont intéreſſés dans l'action.

SITUATIONS.

LES deux Electres anciennes nous offrent auſſi bien que les nouvelles, des ſituations douloureuſes que la force du Sujet produit néceſſairement, mais il y en a fort peu de

violentes ; la terreur n'eſt pas fortement excitée ; on craint foiblement pour Oreſte dans Sophocle ; Egyſte eſt abſent, & quand le Prince ſeroit reconnu avant le tems, il ſe trouveroit à la merci d'une mere qui n'a pas entiérement dépoüillé tous les ſentimens de la Nature, & qui pourroit bien ſauver ſon ſang. Il eſt vrai qu'Egyſte peut arriver, mais vous voyez bien auſſi que c'eſt un péril éloigné.

C'eſt la même choſe dans Euripide. Oreſte ne paroît devant Egyſte & devant Clytemneſtre que quand il les tue, par conſéquent point de terreur, point de trouble croiſſant ; il faut convenir cependant que le commencement du quatriéme Acte eſt effrayant, parce qu'on ne ſçait point encore qui d'Oreſte ou d'Egyſte a ſuccombé.

Les ſituations chez M. de Crébillon ſont plus ſingulieres que terribles. Oreſte devenu l'ami, le bienfaiteur, le libérateur de celui qu'il étoit venu immoler, bien plus, le Maître de devenir ſon gendre, s'il le veut, (& il ne le veut que trop, ſans Palaméde, je ne ſçais ce qui en ſeroit arrivé,) Oreſte, dis-je, dans cette ſituation n'a rien à craindre, perſonne ne le connoît pour Oreſte, il ne ſe connoît pas lui-même, il peut jouir en paix des faveurs d'Egyſte & d'Iphianaſſe, mais il

ne

ne peut nous faire trembler sur son sort, ni nous intéresser jusqu'à un certain point; car mettons les choses au pis; quand Oreste seroit reconnu, nous avons vû qu'Egyste étoit reconnoissant, il y a beaucoup à parier qu'il ne pourroit se résoudre à faire périr un homme à qui il a des obligations si solemnelles.

Les situations chez M. de Voltaire sont bien autrement violentes. Oreste se connoît, il est jetté par la tempête avec son ami, sans armes, sans secours sur une côte inconnue; ce rivage est précisément une terre ennemie, & celle pour laquelle il s'étoit embarqué. (Ces événemens sont aussi dans M. de Crébillon; mais ils précédent l'action de trop loin, ils ne sont point exposés aux yeux.)

Pilade fait remarquer à son ami un Palais, un tombeau élevé dans un bois sombre & sauvage, planté de Ciprès; cependant un vieillard s'avance, la tristesse est peinte sur son front, il gémit, il leve au Ciel des yeux désespérés. Les deux Etrangers l'abordent; c'est Pamméne.

La Scéne suivante a tiré des larmes de tous ceux que la haine ou la stupidité n'avoient point aveuglés. Je vais la citer presque entiére, afin de ne point l'affoiblir, & malheur à qui la lira d'un œil sec!

PILADE.

O qui que vous ſoyez, tournez vers noûs la vûe,
La terre où je vous parle eſt pour nous inconnue.
Vous voyez deux amis, & deux infortunés
A la fureur des flots long-tems abandonnés :
Ce lieu nous doit-il être ou funeſte ou propice ?

PAMMENE.

J'y revere les Dieux, j'implore leur juſtice :
J'exerce en leur préſence, en ma ſimplicité,
Les reſpectables droits de l'hoſpitalité.
Daignez ſous l'humble toit qu'habite ma vieilleſſe
Mépriſer des grands Rois la ſuperbe richeſſe.
Venez, les malheureux me ſont toujours ſacrés.

ORESTE.

Sage & juſte habitant de ces bords ignorés,
Que des Dieux par nos mains la puiſſance immortelle
De votre piété récompenſe le zéle.
Quel aſile eſt le vôtre, & quelles ſont vos loix ?
Quel Souverain préſide aux lieux où je vous vois ?

PAMMENE.

Egyſte regne ici ; je ſuis ſous ſa puiſſance.

ORESTE.

Egyſte ! Ciel, ô crime, ô terreur, ô vengeance !

PILADE.

Dans ce péril nouveau gardez de vous trahir.

ORESTE.

Egyste, justes Dieux! celui qui fit périr.....

PAMMENE.

Lui-même.

ORESTE.

Et Clytemnestre après ce coup funeste?

PAMMENE.

Elle regne avec lui, l'Univers sçait le reste.

Comment a-t-on fait pour ne pas sentir toute la noblesse & toute la beauté de cette réticence, & tout l'intérêt de cette situation?

ORESTE.

Ce Palais, ce tombeau?

PAMMENE.

Ce Palais redouté
Est par Egysthe même en ce jour habité.
Mes yeux ont vû jadis élever cet ouvrage,
Par une main plus digne, & pour un autre usage.
Ce tombeau (pardonnez, si je pleure à ce nom)
Est celui de mon Roi, du grand Agamemnon.

ORESTE.

Ah! c'en est trop; le ciel épuise mon courage.

PILADE *à Oreste.*

Dérobe-lui les pleurs qui baignent ton visage.

PAMMENE.

à Oreste qui se détourne.

Etranger généreux, vous vous attendrissez ;
Vous voulez retenir les pleurs que vous versez.
Hélas ! qu'en liberté votre cœur se déploye :
Pleurez le fils des Dieux & le vainqueur de Troye ;
Que des yeux étrangers pleurent du moins son sort,
Tandis que dans ces lieux on insulte à sa mort.

ORESTE.

Si je fus élevé loin de cette contrée,
Je n'en chéris pas moins les descendans d'Atrée.
Un Grec doit s'attendrir sur le sort des héros :
Je dois surtout. .... Electre est-elle dans Argos ?

PAMMENE.

Seigneur, elle est ici....

ORESTE.

Je veux, je cours,

PILADE.

Arrête :
Tu vas braver les Dieux, tu hazardes ta tête.

Oreste déclare qu'il doit offrir un sacrifice à Agamemnon, & que tel est l'ordre des

Dieux. Samméne témoigne sa surprise & sa joye ; il se rappelle que son Maître avoit un fils. . . . . il alloit en dire davantage ; Egyste s'avance ; Pamméne fait sortir Oreste & Pilade, mais le soupçonneux Egyste les a déja observés, sur-tout Oreste qui porte sur son visage,

L'empreînte des grandeurs & les traits du courage.

Egyste dit à Pamméne qu'il lui répondra d'eux sur sa tête. Clytemnestre déplore éloquemment les tristes suites du crime qui fait trembler le coupable à l'aspect de tout le monde, comme tout le monde frémit à son aspect. Oreste paroît devant le Tyran, il lui présente les cendres de son fils pour celles d'Oreste ; sa sœur, sa tendre sœur, sa chere Electre leve le bras pour le frapper, le croyant le meurtrier de son frere, enfin il est arrêté, enchaîné, conduit au trépas. Il s'étoit découvert à sa sœur, & le Spectateur se rappelle les maux dont les Dieux l'ont ménacé s'il se découvroit ; on craint donc que ces Dieux ne l'abandonnent à son déplorable sort, & ne le laissent périr. Mais quelles situations pour lui, pour une mere, pour des sœurs, pour des amis compagnons de sa Destinée ! quel vif intérêt doit résulter de toutes ces terribles circonstances !

L'équité m'oblige encore à relever ici un art singulier, que jamais personne n'a si bien connu que M. de Voltaire; cet art dont l'effet nécessaire est de produire des situations très-vives & très-intéressantes, consiste à faire paroître à propos sur la Scéne des personnages, qui par leur présence inopinée excitent le trouble & piquent vivement la curiosité. Par exemple, dans la Scéne de l'Urne Oreste reconnoît Electre à ses larmes & à ses malheurs, peu s'en faut qu'Electre ne le reconnoisse à ses traits dont elle est frappée. Tandis qu'ils s'entretiennent avec toute l'émotion que la Nature peut inspirer, tandis qu'Oreste s'attendrit sur le sort d'Electre, & qu'Electre cherche à deviner celui d'Oreste, Pilade dit qu'il vient annoncer à Egyste une heureuse nouvelle. Electre en ce moment apperçoit l'Urne fatale; elle interroge les Etrangers, elle nomme Oreste, on ne lui répond que par un morne silence. Electre ne doute plus de la mort de son frere; elle arrache l'Urne des mains du soldat, elle l'embrasse, elle l'inonde de larmes, & ses regrets s'expriment par tout ce que le désespoir a de plus pathétique & de plus éloquent. Iphise partage sa douleur, Oreste percé jusqu'au fond de l'ame ne se contient plus, Pilade s'efforce envain de l'arrêter, le fatal secret

eſt ſur le bord des lévres, il va partir, Egyſte arrive. L'Urne, le trouble des Etrangers, la douleur d'Iphiſe, la fureur d'Electre, tout cela fait friſſonner de crainte, une curioſité inquiéte ſe mêle à la terreur. Que va-t-on dire? Que va-t-on faire? Qu'arrivera-t-il de tout ce déſordre?

La Scéne précédente produit auſſi beaucoup d'inquiétude & de curioſité. Pilade vient de rappeller à Oreſte le terrible Oracle qui lui défend de ſe découvrir à ſa ſœur; Oreſte eſt bien tenté de déſobéir, mais dans quel gouffre de maux il ſe plongeroit! Electre paroît, que fera Oreſte?

Cet art admirable régne preſque par-tout dans Oreſte, comme dans les autres Piéces de M. de Voltaire, & je le répéte, c'eſt la véritable clef de l'intérêt & des ſituations.

Je pourrois bien, ſi je voulois, faire honneur de cette réflexion à une Dame illuſtre qui m'entend d'ici, & dont le goût exercé dans les matiéres Théâtrales, n'en a jamais laiſſé échapper aucune délicateſſe, mais j'aime tout autant me l'approprier.

BEAUTE'S DE DETAIL.

C'EST ici proprement ce que j'appelle exécution; c'eſt ici qu'afin d'écraſer, s'il ſe peut,

Sophocle & Euripide, je leur opposerai tantôt M. de Crébillon, tontôt M. de Voltaire, tantôt tous les deux ensemble, suivant les occurrences; comme je veux comparer les morceaux Analogues, il se trouvera que les uns auront été imités par M. de Crébillon seul, les autres par le seul M. de Voltaire, d'autres enfin par tous les deux à la fois. Si nous remportons la victoire sur ces illustres Grecs, que notre triomphe sera glorieux!

Commençons ce délicat Paralléle, & mettons d'abord M. de Crébillon seul en présence de l'antiquité qu'il n'a pas trop respectée dans son ingénieuse Préface.

Paralléle particulier des Anciens avec M. de Crébillon.

SOPHOCLE adresse le premier Monologue d'Electre au jour, M. de Crébillon l'adresse à la nuit, cela est indifférent, mais l'Electre moderne me paroît plus éloquente. On en va juger.

(*Sophocle.*)

« LUMIERE pure, Ciel qui environnez la » terre, témoins assidus de mes plaintes; » combien de fois avez-vous entendu les » coups

» coups dont j'ai frappé mon sein ensanglan-
» té? Hélas! vous n'avez vû que les restes de
» mes cruelles nuits. Car durant les ténébres,
» ma couche, ma triste couche, seule dépo-
» sitaire de mes maux, a vû couler mes lar-
» mes sur le sort affreux d'un pere chéri. Le
» Dieu de la guerre l'avoit épargné dans une
» terre étrangere. Ma mere & son perfide
» Egyste ont été plus inhumains que Mars.
» Ils l'ont fait expirer sous leurs coups re-
» doublés, comme on voit un chêne tomber
» sous la coignée des Bucherons, & tandis
» qu'un pere éprouve une destinée si horri-
» ble, je suis la seule qui lui paye le tribut
» de mes pleurs. Non, je ne cesserai point
» de le pleurer, tant que les astres de la nuit
» & du jour m'éclaireront. Semblable à Phi-
» lomele privée de ses enfans, je ferai reten-
» tir ce palais de mes gémissemens, & j'ose-
» rai en sortir pour publier mes douleurs. »

(*M. de Crebillon.*)

Témoin du crime affreux que poursuit ma vengeance,
O nuit, dont tant de fois j'ai troublé le silence,
Insensible témoin de mes vives douleurs,
Electre ne vient plus te confier des pleurs.
Son cœur las de nourrir un désespoir timide,
Se livre enfin sans crainte au transporr qui le guide.
Favorisez, grands Dieux! un si juste courroux.

Electre vous implore, & s'abandonne à vous.
Pour punir les forfaits d'une race funeste,
J'ai compté trop long-tems sur le retour d'Oreste;
C'est former des projets & des vœux superflus :
Mon frere malheureux sans doute ne vit plus.
Et vous, Mânes sanglans du plus grand Roi du monde,
Triste & cruel objet de ma douleur profonde,
Mon pere, s'il est vrai que sur les sombres bords
Les malheurs des vivans puissent toucher les morts;
Ah! combien doit frémir ton ombre infortunée,
Des maux où ta famille est encore destinée.
C'étoit peu que les tiens alterés de ton sang,
Eussent osé porter le couteau dans ton flanc;
Qu'à la face des Dieux le meurtre de mon pere,
Fût pour comble d'horreurs le crime de ma mere :
C'est peu qu'en d'autres mains la perfide ait remis
Le sceptre qu'après toi devoit porter ton fils;
Et que dans mes malheurs Egyste qui me brave,
Sans respect, sans pitié traite Electre en esclave :
Pour m'accabler encor, son fils audacieux,
Itys, jusqu'à ta fille ose lever les yeux.
Des Dieux & des mortels Electre abandonnée,
Doit ce jour à son sort s'unir par l'hymenée,
Si ta mort m'inspirant un courage nouveau,
N'en éteint par mes mains le coupable flambeau.

Ce tableau me paroît tragique, l'autre ne me paroît que poëtique.

Il y a un songe dans Sophocle & un dans M. de Crébillon. Comparons-les.

(*Sophocle.*)

« On dit, (c'est Chrysothémis qui parle)
» que Clytemnestre a vû cette nuit votre
» pere & le mien sortir du fond des enfers ;
» que dans ce Palais même il a planté à terre
» ce Sceptre qui a passé de ses mains dans
» celles d'Egyste ; qu'enfin du Sceptre est
» sorti tout-à-coup un rameau florissant qui
» ombrageoit toute la ville de Micénes. »

(*M. de Crebillon.*)

Deux fois mes sens frappés par un triste réveil,
Pour la troisiéme fois se livroient au sommeil,
Quand j'ai cru par des cris terribles & funebres,
Me sentir entraîné dans l'horreur des ténébres.
Je suivois malgré moi de si lugubres cris ;
Je ne sçais quel remord agitoit mes esprits :
Mille foudres grondoient dans un épais nuage,
Qui sembloient cependant céder à mon passage,
Sous mes pas chancelans un gouffre s'est ouvert ;
L'affreux séjour des morts à mes yeux s'est offert.
A travers l'Achéron la malheureuse Electre
A grands pas où j'étois sembloit guider un spectre.
Je fuyois, il me suit : ah ! Seigneur, à ce nom
Mon sang se glace ; hélas ! c'étoit Agamemnon.
Arrête, m'a-t-il dit d'une voix formidable,
Voici de tes forfaits le terme redoutable ;

Arrête, épouse indigne, & fremis à ce sang
Que le cruel Egyste a tiré de mon flanc.
Ce sang qui ruisseloit d'une large blessure,
Sembloit en s'écoulant pousser un long murmure.
A l'instant j'ai cru voir aussi couler le mien :
Mais, malheureuse, à peine a-t-il touché le sien,
Que j'en ai vu renaître un monstre impitoyable,
Qui m'a lancé d'abord un regard effroyable.
Deux fois le Styx frappé par ses mugissemens.
A long-tems répondu par des gémissemens.
Vous êtes accouru ; mais le monstre en furie,
D'un seul coup à mes pieds vous a jetté sans vie,
Et m'a ravi la mienne avec le même effort.

Le songe de Sophocle me paroît très-inférieur à celui de M. de Crébillon. 1°. Les traits en sont moins forts, les images moins tragiques. 2°. Ce songe n'est point raconté par Clytemnestre, mais par Chrysothemis, qui même l'a appris d'un autre que sa mere, ce qui le rend beaucoup moins frappant par la régle

Segniùs irritant animos demissa per aures
Quàm quæ sunt oculis subjecta fidelibus, &c.

Dans M. de Crébillon au contraire, c'est Clytemnestre elle-même qui parle, & qui pénétrée de ce qu'elle raconte, fait passer dans l'ame des Spectateurs le trouble & l'effroi dont elle est saisie.

On peut comparer encore la querelle de Clytemnestre avec Electre dans Sophocle & dans M. de Crébillon, on la trouvera chez ce dernier beaucoup plus vive, plus précise & plus noble.

Je ne transcrirai point ici la Scéne de Sophocle, parce qu'elle est trop longue, ni celle de M. de Crébillon, parce que je me propose de la comparer tantôt sous un autre aspect avec une Scéne de M. de Voltaire.

Au reste, la victoire de M. de Crébillon sur les Anciens dans la personne de leur plus redoutable Chef, est assez complette.

Donnons maintenant Sophocle à battre à M. de Voltaire.

Paralléle particulier des Anciens avec M. de Voltaire.

DANS la premiére Scéne de Sophocle, le Gouverneur d'Oreste fait remarquer à ce jeune Prince tous les objets dont il est entouré. « Vous voyez à droite l'antique ville » d'Argos, le bois de la fille d'Inachus, & » le Licée consacré à Apollon. A gauche » vous voyez le célébre Temple de Junon. » La ville où vous arrivez, c'est Micénes; &

» ce Palais témoin de tant de sanglantes aventures, est le Palais des descendans de Pelops. »

La plûpart de ces objets sont intéressans, comme Argos, Micénes & le Palais des Pélopides; mais il y en a aussi de fort indifférens, comme le bois d'Io, le Licée & le Temple de Junon. D'ailleurs, Sophocle a manqué le Tombeau.

M. de Voltaire qui a imité cet endroit dans la Scéne où Pamméne aborde les deux Etrangers, n'employe que les objets intéressans & capables d'émouvoir Oreste, le tombeau d'Agamemnon, le Palais d'Egyste, qui fut autrefois celui d'Agamemnon même, &c.

J'ai cité plus haut cette charmante Scéne, qui indépendamment de l'imitation de Sophocle, nous présente encore la situation la plus touchante, situation qui appartient irrévocablement à M. de Voltaire.

Voici un morceau magnifique tiré de Sophocle, auquel j'opposerai un morceau magnifique tiré de M. de Voltaire.

(*Sophocle.*)

ELECTRE envoye sa sœur porter ses cheveux, sa ceinture & autres offrandes au tombeau de son pere.

« Chargée de ces dons chéris, courez
» vous prosterner sur ce sacré tombeau, &
» conjurez l'ombre de mon pere d'ouvrir la
» terre & de s'armer pour notre défense;
» qu'elle fonde sur nos ennemis; que du
» moins elle envoye son fils, triste reste de
» son sang, qu'il montre à nos Tyrans qu'il
» vit encore; qu'enfin désormais vengé,
» Agamemnon reçoive de nous de plus ma-
» gnifiques présens. Je vois d'où part le songe
» qui trouble Clytemnestre. Un pere a jetté
» sur nous ses regards; c'est au soin qu'il
» prend encore de nous que j'attribue ces
» affreux présages dont il effraye Clytem-
» nestre. Allons, ma sœur, unissons-nous,
» aidez-vous, aidez-moi; travaillons pour
» le meilleur des mortels, pour ce cher
» mort; en un mot, pour votre pere & pour
» le mien.

L'Electre de M. de Voltaire appelle ainsi Oreste à son secours :

Dieux! vous rendrez Oreste aux larmes de sa sœur,
Votre bras suspendu frappera l'oppresseur.
Oreste, entends ma voix, celle de ta patrie,
Celle du sang versé qui t'appelle & qui crie :
Viens du fond des déserts où tu fus élevé,
Où les maux exerçoient ton courage éprouvé :
Aux monstres des forêts ton bras fait-il la guerre ?

C'eſt aux monſtres d'Argos, aux tyrans de la terre,
Aux meurtriers des Rois que tu dois t'adreſſer ;
Viens, qu'Electre te guide au ſein qu'il faut percer.

L'Electre de Sophocle & celle de M. de Voltaire pleurent toutes deux, mais différemment, ſur ce qu'elles croyent être les cendres d'Oreſte.

(*Sophocle.*)

» Déplorable monument de la perſonne
» du monde que j'aimai le plus, reſtes in-
» fortunés de mon frere, ô combien les eſ-
» pérances dont je m'étois flattée, quand je
» vous envoyai hors de ce Palais, ſont dif-
» férentes des ſentimens que j'éprouve en
» vous recevant aujourd'hui. Je vous en-
» voyai, cher Prince, plein de gloire & de
» vie, & je ne reçois entre mes bras que
» votre ombre & vos cendres. Hélas ! puiſ-
» que vous deviez m'être ravi, que ne le
» fûtes-vous, avant que je vous fiſſe paſſer
» dans une terre étrangére, après vous avoir
» ſouſtrait de mes mains au glaive qui vous
» menaçoit. Du moins ſi la mort vous eût
» enlevé alors, vous auriez trouvé place
» dans le tombeau de votre pere. Mais, hé-
» las ! loin de ce Palais, ſéparé de votre

» sœur, & relegué dans une terre écartée, » vous êtes la proye d'une mort cruelle, sans » qu'une main chérie ait pû vous rendre les » honneurs du tombeau. Car, malheureuse » que je suis, je n'ai pas même eu le triste » avantage de laver moi-même votre cada- » vre, ni de porter sur le bucher ce pré- » cieux fardeau. Des mains étrangéres vous » ont rendu ce dernier service, & vous ne » revenez dans les miennes, que comme un » poids léger renfermé dans le contour d'une » urne. Frivole & funeste succès des soins » que je pris d'élever votre enfance ! Soins » si doux pour moi, qu'êtes-vous devenus ? » Car enfin, vous le sçavez, cher Prince, » vous ne fûtes pas plus chéri d'une mere ; » vous dormiez dans mon sein. Je vous te- » nois lieu de mere en effet, & quoique je » ne fusse que votre sœur, vous me donniez » un plus tendre nom. Tout cela est mort » avec vous dans le jour fatal qui vous a vu » périr. Semblable à un orage affreux, la » mort m'a tout ravi en vous enlevant. J'ai » perdu mon pere, vous n'êtes plus, & je » meurs avec vous. Cependant nos ennemis » triomphent : notre mere ou plutôt notre » marâtre se livre aux transports d'une folle » joye. Vous deviez l'en punir un jour ; ainsi » me le faisiez-vous espérer dans vos lettres

» secrettes ; mais le génie contraire qui pré-
» sidoit à vos jours & aux miens, a bien sçu
» renverser nos projets, en ne me rendant,
» au lieu de vous, qu'une ombre vaine, &
» qu'une inutile poussiére. Hélas, hélas !
» dépouille trop malheureuse, malheureuse
» moi-même, hélas ! ô mon cher Oreste ! ô
» voyage fatal ! C'est lui qui m'a perdue ; il
» m'a perdue, vous dis-je, pour toujours.
» O le plus chéri des mortels ! recevez-moi
» dans le sein de cette urne ? Unissez une
» sœur morte à un frere mort ? Que désor-
» mais rendue à vous sur le sombre bord,
» rien ne puisse m'en séparer. Tant que vous
» avez vécu, j'ai partagé votre destinée avec
» vous : souffrez que je partage aussi votre
» tombeau. La mort est l'objet de mes désirs ;
» & je ne vois pas, à l'aspect de cette urne,
» que les morts soient sensibles & malheu-
» reux. » (*M. de Voltaire.*)

ELECTRE, *embrassant l'Urne.*

O mon unique espoir !
Oreste, étoit-ce ainsi que j'ai dû te revoir ?
J'avois vécu pour toi, tu venois nous défendre ;
Je te vois, je te tiens, & j'embrasse ta cendre :
Je te vois dans la mort, & je n'expire pas !

Les regrets de l'ancienne Electre sont tendres & touchans, mais un peu longs. Cette

foule de circonstances que le Poëte entasse, sentent son grec babillard.

Ceux de l'Electre moderne sont plus serrés, plus vifs & plus forts : c'est l'expression la plus naïve de l'extrême douleur.

M. de Voltaire a jugé à propos de retrancher ces beaux vers ; je ne puis croire qu'il ait bien fait : mais il en a substitué d'autres aussi fort beaux ; je ne puis croire qu'il ait mal fait.

Le triomphe de M. de Voltaire, comme on voit, n'est ni moins brillant, ni moins parfait que celui de M. de Crebillon ; mais poursuivons notre ouvrage, & pour achever la déroute déja bien avancée des Anciens, faisons marcher contr'eux les forces réunies de nos deux illustres concitoyens.

Paralléle général des deux Modernes avec les Anciens.

Invocation d'Electre aux Dieux & aux Furies dans Sophocle.

» Royaume sombre de Pluton & de Pro-
» serpine, ô Mercure, qui conduisez les
» Ames aux Enfers ! ô Déesse des Impré-
» cations ! & vous, filles des Dieux, terri-

» bles Eumenides ! vous qui regardez avec
» horreur le meurtre & l'adultére, venez,
» volez à mon fecours, & foyez les vengeurs
» de mon pere ?

Invocation de M. de Crebillon.

Feftins cruels, & vous, criminelles ténébres,
Plaintes d'Agamemnon, cris perçans, cris funebres;
Sang que j'ai vu couler, pitoyables adieux,
Soyez à ma fureur plus qu'Orefte & les Dieux!

Invocation de M. de Voltaire.

Eumenides, venez, foyez ici mes Dieux;
Accourez de l'enfer en ces horribles lieux;
En ces lieux plus cruels & plus remplis de crimes,
Que vos gouffres profonds regorgeant de victimes!
Filles de la vengeance, armez-vous, armez-moi;
Venez avec la mort qui marche avec l'effroi:
Que vos fers, vos flambeaux, vos glaives étincellent;
Orefte, Agamemnon, Eléctre vous appellent!

Ces trois tableaux me paroiffent trois chefs-d'œuvre; mais s'il faut comparer, je trouve le premier extrêmement beau, le fecond plus touchant, parce qu'il rappelle des objets chers & douloureux, le troifiéme plus fort & plus terrible.

Et pour comparer les deux derniers entr'eux, celui de M. de Crebillon me paroît

plus fort de chose, pour parler comme M. de la Motthe, & le second plus fort d'expression & de coloris.

Désespoir d'Electre & d'Oreste dans Euripide, après le parricide commis

» Qu'avons-nous fait, ô ciel ! où sommes-nous ? Qu'allons-nous devenir ? Quel » asyle daignera recevoir des Parricides......

ORESTE *à Electre.*

» C'est toi, qui l'as voulu, chere & cruelle » sœur ! Toi seule as poussé mon bras irréso» lu ; je n'eusse point achevé sans toi.

ELECTRE.

» Oui, mon frere, Electre est la plus » coupable ; Electre est un monstre d'hor» reur. Pour toi tu as senti la nature ; ton » cœur s'est ému aux cris douloureux d'une » mere.

ORESTE.

» Ne l'as-tu pas vu cette mere déplorable, » comme elle tenoit mon visage étroitement » serré entre ses bras : elle me découvroit son » sein, ce sein dans lequel nous avons été » formés. *O mon fils !* s'écrioit-elle, *mon fils !* » *n'acheve pas ; reconnois une mere ; prends* » *pitié de celle qui t'a donné la vie ; laisse*

» *tomber ce fer de tes mains cruelles, ô mon* » *fils!* Hélas! ces cris, cette vûe, tout me » désarmoit: je n'ai pu frapper qu'après m'ê» tre voilé les yeux.

ELECTRE.

» Et moi, furieuse, je t'ai exhorté, je » t'ai déterminé à ce crime horrible; j'ai » guidé tes coups, ma rage les a secondés; » j'ai enfoncé dans le flanc de ma mere ce » glaive qui échappoit à ta main plus ten» dre & moins dénaturée. »

J'ai osé suppléer ici l'élégante traduction du P. Brumoi, qui m'avoit servi dans tous les autres morceaux, & qui m'a manqué dans celui-ci.

Ce tableau, comme on voit, est touchant & terrible. Euripide n'y a point épargné les couleurs: mais ne sentoit-il donc pas qu'il se faisoit son procès à lui-même, & que chaque trait dont il peignoit une mere expirante & indignement trahie par ses enfans, étoit un dégré d'atrocité qu'il ajoûtoit au caractère épouvantable d'Oreste & d'Electre.

Messieurs de Crebillon & de Voltaire n'avoient pas ce moyen facile de rendre le désespoir d'Oreste intéressant. Leur carriére étoit bien plus bornée. Oreste chez eux n'est point véritablement criminel, il n'est que

l'instrument malheureux du crime. Il n'a point eu à soutenir les cris & les transports d'une mere. Il n'a point ce tableau à présenter : ainsi nos deux Poëtes n'ont de ressource que dans la force de leur génie.

M. de Crebillon conforme en ce point à la Fable, a pris le parti de livrer Oreste aux Furies, comme M. Racine l'avoit fait dans Andromaque ; & cela étoit d'autant plus difficile, qu'il falloit éviter les traits & les images employés par M. Racine.

..... J'ai souillé ma main du plus affreux des crimes.
Mais quoi, quelle vapeur vient obscurcir les airs ?
Grace au Ciel, on m'entrouvre un chemin aux Enfers.
Descendons, les Enfers n'ont rien qui m'épouvante :
Suivons le noir sentier que le sort me présente.
Cachons-nous dans l'horreur de l'éternelle nuit.
Quelle triste clarté dans ce moment me luit !
Qui ramene le jour dans ces retraites sombres !
Que vois-je ! mon aspect épouvante les ombres !
Que de gémissemens, que de cris douloureux !
Oreste !....... qui m'appelle en ce séjour affreux ?
Egyste, ah ! c'en est trop, il faut qu'à ma colere.....
Que vois-je ! dans ses mains la tête de ma mere !
Quels regards ! où fuirai-je ? ah, monstre furieux,
Quel spectacle oses-tu présenter à mes yeux ?
Je ne souffre que trop, monstre cruel, arrête ;

A mes yeux effrayés dérobe cette tête.
Ah! ma mere, épargnez votre malheureux fils?
Ombre d'Agamemnon, sois sensible à mes cris:
J'implore ton secours, chere ombre de mon pere,
Viens défendre ton fils des fureurs de sa mere.
Prens pitié de l'état où tu me vois réduit.
Quoi! jusques dans tes bras la barbare me suit:
C'en est fait, je succombe à cet affreux supplice.

M. de Voltaire, pour ne copier ni Racine ni M. de Crébillon, n'a donné à Oreste qu'un simple désespoir sans Furies; ce qui étoit encore beaucoup plus difficile.

O terre, entr'ouvre-toi,
Clytemnestre, Tantale, Atrée, attendez-moi,
Je vous suis aux enfers, éternelles victimes;
Je dispute avec vous de tourmens & de crimes.

. . . .

Non, ce n'est point Oreste:
Un pouvoir effroyable a seul conduit mes coups.
Exécrable instrument d'un éternel courroux,
Banni de mon pays par le meurtre d'un pere,
Banni du monde entier par celui de ma mere,
Patrie, états, parens, que je remplis d'effroi,
Innocence, amitié, tout est perdu pour moi!
Soleil, qu'épouvanta cette affreuse contrée;
Soleil qui reculas pour le festin d'Atrée,
Tu luis encor pour moi; tu luis pour ces climats?
Dans l'éternelle nuit tu ne nous plonges pas?

Qu'on détache du morceau d'Euripide le

tableau

tableau dont j'ai déja parlé, & qu'on juge entre lui & nos Modernes.

Finissons enfin ce Paralléle intéressant, par un combat général & décisif entre ces quatre Puissances formidables. La reconnoissance d'Oreste & d'Electre a dû être le chef-d'œuvre de tous ceux qui ont traité ce Sujet.

Reconnoissance de Sophocle.

ORESTE émû de la douleur d'Electre, s'écrie :

« O Ciel ! que vais-je lui dire ? parlerai-» je sans déguisement ? & par où commen-» cer ? Non, je ne puis plus retenir mes » transports.

ELECTRE.

» Quel transport de douleur vous saisit ? » que dites-vous ?

ORESTE.

» Est-ce donc Electre que je vois ? Est-ce » là cette beauté ?....

ELECTRE.

» C'est elle-même, hélas ! Mais dans quel » état la voyez-vous ?

ORESTE.

» O Ciel ! quel accablement de misére !

ELECTRE.

» D'où viennent, ô Etrangers, ces soupirs en ma faveur ?

ORESTE.

» O Beauté trop indignement flétrie par d'affreux traitemens !

ELECTRE.

» Ne seroit-ce point sur la destinée de quelque autre que vous gémissez ?

ORESTE.

» O jours trop malheureusement écoulés sans appui, sans consolateur !

ELECTRE.

» Généreux Etranger ! encore une fois ; dites-moi ce qui vous fait soupirer ainsi, en fixant sur moi vos regards ?

ORESTE.

» Hélas ! je ne connoissois pas encore tous mes malheurs !

ELECTRE.

» Est-ce par mes paroles que vous commencez à les connoître ?

ORESTE.

» C'est en voyant la grandeur de vos maux.

ELECTRE.

» Vous n'en voyez que la moindre partie.

ORESTE.

» Et que puis-je voir de plus affligeant ?

ELECTRE.

» Le voici. Je ſuis obligée de demeurer
» avec les meurtriers. . . . . .

ORESTE.

» Quels meurtriers ? de qui ?

ELECTRE.

» Avec les meurtriers de mon pere, &
» pour ſurcroît, je me vois contrainte d'être
» leur eſclave.

ORESTE.

» Leur eſclave ! Et qui vous réduit à cet-
» te cruelle extrémité ?

ELECTRE.

» C'eſt un ennemi barbare qu'on appelle
» ma Mere ; mais elle n'a de Mere que le
» nom.

ORESTE.

» Comment ! Et que fait-elle pour vous
» y contraindre ? eſt-ce par la violence ou
» par la miſére ?

ELECTRE.

» Par la misére, par la violence & par tout
» ce qu'elle peut imaginer de cruautés.

ORESTE.

» Et vous n'avez personne qui s'oppose à
» sa rage? personne qui vous tende une main
» sécourable?

ELECTRE.

» Personne. Le seul appui qui me restoit
» n'est plus; c'étoit ce frere dont vous m'ap-
» portez les cendres.

ORESTE.

» Pauvre Princesse! que la situation où je
» vous vois excite ma compassion!

ELECTRE.

» Eh bien; vous êtes le seul ici qui soyez
» touché de mes miséres.

ORESTE.

» Aussi suis-je le seul qui vienne vous té-
» moigner combien j'y suis sensible.

ELECTRE.

» Mais ne seriez-vous point quelqu'un de
» mes proches?

ORESTE.

» Je pourrois vous confier un secret, s'il

» m'étoit permis de compter sur la fidélité de
» vos compagnes.

ELECTRE.

» Elles sont fidelles ; j'en répons, parlez.

ORESTE.

» Mettez donc bas cette Urne. A ce prix
» vous sçaurez tout.

ELECTRE.

» Au nom des Dieux ! ô Etranger, ne me
» l'arrachez pas.

ORESTE.

» Laissez-la, croyez-moi, vous n'aurez
» pas sujet de vous en repentir.

ELECTRE.

» Par votre sacré visage que je touche, ne
» m'enlevez pas un si cher dépôt !

ORESTE.

» Non, vous dis-je, je ne permettrai pas
» pas que vous gardiez cet aliment de vos
» regrets.

ELECTRE *embrassant l'Urne.*

» Je serois doublement misérable, mon
» cher Oreste, si l'on me privoit de ce qui
» me reste de vous !

ORESTE.

» Concevez de meilleures espérances, & » comptez que votre douleur n'est pas rai- » sonnable.

ELECTRE.

» Quoi ! j'ai tort de pleurer un frere !

ORESTE.

» Ce n'est point à vous de tenir ce triste » langage.

ELECTRE.

» Suis-je donc indigne de ce cher mort ?

ORESTE.

» Non, mais encore une fois, ce n'est pas » à vous de le pleurer.

ELECTRE.

» Je ne pleurerois pas Oreste, & je tiens » ses cendres dans mes mains !

ORESTE.

» Ce n'est pas Oreste, ce n'est-là qu'un » tombeau feint.

ELECTRE.

» Où donc est le véritable tombeau de ce » malheureux Prince ?

ORESTE.

» Il n'en a point. Il est plein de vie.

ELECTRE.

» Que dites-vous, cher Etranger?

ORESTE.

» La vérité.

ELECTRE.

» Oreste vit encore!

ORESTE.

» Il vit, ... puisque je vis.

ELECTRE.

» Vous, Oreste!

ORESTE.

» Moi-même. Regardez cet anneau. C'est » celui de mon pere. Jugez si je vous trompe.

ELECTRE. *après avoir examiné le cachet.*

» O le plus doux & le plus serein de mes » jours!

ORESTE.

» O jour véritablement heureux!

ELECTRE.

» Quoi! c'est vous, c'est votre voix que » j'entends, cher Oreste!

ORESTE.

» C'est moi, vous dis-je, n'en cherchez point d'autres preuves.

ELECTRE.

» C'eſt donc vous que je retrouve enfin ; » vous que j'embraſſe !

ORESTE.

» Oui, & pour ne plus nous ſéparer.

Reconnoiſſance d'Euripide.

ORESTE, ELECTRE, LE GOUVERNEUR.

ORESTE.

» Pourquoi fixe-t-il ainſi ſur moi ſes re- » gards avides ? .....

ELECTRE.

» Peut-être vous trouve-t-il des traits de » reſſemblance avec mon cher Oreſte.

ORESTE.

» Que vois-je ? Quel tranſport ſoudain ! » Que veut-il ?

ELECTRE.

» Quel mouvement l'agite ? j'en ſuis auſſi » étonnée que vous.

LE GOUVERNEUR.

» O Electre ! ô ma Fille ! invoquez les » Dieux !

ELECTRE.

ELECTRE.

» Pourquoi ?

LE GOUVERNEUR.

» Priez-les de ne point tromper ma timide espérance, & de ne vous point enlever » ce trésor si précieux, si désiré.

ELECTRE.

» Eh bien ! je les invoque ces Dieux ; mais » que voulez-vous dire ?

LE GOUVERNEUR.

» Ma fille, jettez un regard sur ce cher » Etranger.

ELECTRE.

» Malheureux vieillard, que faites-vous ? » où s'égare votre esprit ?

LE GOUVERNEUR.

» Je ne me trompe point. C'est votre » frere ; oui, c'est lui-même ; c'est Oreste, » le Fils d'Agamemnon, votre frere & mon » Roi.

ELECTRE.

» Que dites-vous, ô Ciel ! est-il possible ! » mais quelle preuve me donnez-vous de » cette heureuse nouvelle ?

LE GOUVERNEUR.

» Ouvrez les yeux, heureuse Princesse !

» voyez la cicatrice de la blessure que le » Prince reçut dans son enfance en poursui» vant un faon de biche avec vous. Pouvez» vous encore méconnoître Oreste ?

ELECTRE.

» Ah ! je n'en doute plus. C'est donc » vous, mon cher Oreste ; c'est vous que je » revois contre toute espérance !

ORESTE.

» Oui, c'est moi, qui jouis du bonheur » inespéré de votre présence. »

Reconnoissance de M. de Crebillon.

ELECTRE. ORESTE.

ELECTRE.

Seigneur, vous vous troublez ; ah ! mon frere est ici ?
Hélas ! qui mieux que vous en peut être éclairci ?
Ne me le cachez point, Oreste vit encore ;
Pourquoi me fuir ? pourquoi vouloir que je l'ignore ?
J'aime Oreste, Seigneur, un malheureux amour
N'a pu de mon esprit le bannir un seul jour.
Rien n'égale l'ardeur qui pour lui m'intéresse :
Si vous pouviez sçavoir jusqu'où va ma tendresse,
Votre cœur frémiroit de l'état où je suis,
Et vous termineriez mes maux & mes ennuis.
Hélas ! depuis vingt ans que j'ai perdu mon pere,

N'ai-je donc pas assez éprouvé de misére ?
Esclave dans les lieux, d'où le plus grand des Rois
A l'univers entier sembloit donner des loix,
Qu'a fait aux Dieux cruels sa malheureuse fille ?
Quel crime contre Electre arme enfin sa famille ?
Une mere en fureur la hait & la poursuit :
Ou son frere n'est plus, ou le cruel la fuit.
Ah! donnez-moi la mort, ou me rendez Oreste ;
Rendez-moi par pitié le seul bien qui me reste.

ORESTE.

Eh bien, il vit encore, il est même en ces lieux ;
Gardez-vous cependant......

ELECTRE.

Qu'il paroisse à mes yeux,
Oreste, se peut-il qu'Electre te revoye ?
Montrez-le moi, dûssai-je en expirer de joie.
Mais, hélas! n'est-ce point lui-même que je vois ?
C'est Oreste, c'est lui, c'est mon frere & mon Roi.
Aux transports qu'en mon cœur sa présence a fait naître,
Eh! comment si long-tems l'ai-je pû méconnoître ?
Je vous revois enfin, cher objet de mes vœux !
Momens tant souhaités! ô jour trois fois heureux !
Vous vous attendrissez, je vois couler vos larmes !
Ah! Seigneur, que ces pleurs pour Electre ont de charmes ?
Que ces traits, ces regards pour elle ont de douceur ?
C'est donc vous que j'embrasse, ô mon frere !

ORESTE.

Ah! ma sœur,
Mon amitié trahit un important mystére;
Mais, hélas! que ne peut Electre sur son frere!

Reconnoissance de M. de Voltaire.

ELECTRE *dans le fond*, ORESTE *d'un autre côté.*

ORESTE.

Où suis-je! c'est ici qu'on adressa mes pas:
O ma patrie, ô terre à tous les miens fatale!
Redoutable berceau des enfans de Tantale,
Famille des héros & des grands criminels,
Les malheurs de ton sang seront-ils éternels?
L'horreur qui regne ici m'environne & m'accable.
De quoi suis-je puni? de quoi suis-je coupable?
Au sort de mes Ayeux ne pourrai-je échapper?

ELECTRE
avançant un peu du fond du Théatre.

Qui m'arrête, & d'où vient que je crains de frapper?
Avançons.

ORESTE.

Quelle voix ici s'est fait entendre?
Pere, époux malheureux, chere & terrible cendre,
Est-ce toi qui gémis, ombre d'Agamemnon?

ELECTRE.

Juste ciel ! est-ce à lui de prononcer ce nom ?
D'où vient qu'il s'attendrit ? je l'entends qui soupire,
Les remords en ces lieux ont-ils donc quelqu'empire ?
Qu'importent des remords à l'horreur où je suis ?

Elle avance vers Oreste.

Le voilà seul, frappons ..... meurs, traître ..... je ne puis ......

ORESTE.

Ciel ! Electre, est-ce vous ? furieuse, tremblante,

ELECTRE.

Ah ! je crois voir en vous un Dieu qui m'épouvante.
Assassin de mon frere, oui, j'ai voulu ta mort,
J'ai fait pour te frapper un impuissant effort :
Ce fer m'est échappé, tu braves ma colére ;
Je céde à ton génie, & je trahis mon frere.

ORESTE.

Ah ! loin de le trahir ..... où me suis-je engagé ?

ELECTRE.

Si-tôt que je vous vois, tout mon cœur est changé.
Quoi, c'est vous, qui tantôt me remplissiez d'allarmes ?

ORESTE.

C'est moi qui de mon sang voudrois payer vos larmes,

ELECTRE.

Le nom d'Agamemnon vient de vous échapper.
Juste Ciel ! à ce point ai-je pû me tromper ?
Ah ! ne me trompez plus : parlez, il faut m'apprendre
L'excès du crime affreux que j'allois entreprendre.
Par pitié répondez ; éclairez-moi, parlez.

ORESTE.

O sœur du tendre Oreste, évitez-moi, tremblez ?

ELECTRE.

Pourquoi ?

ORESTE.

Cessez . . . . je fuis . . . . gardez qu'on ne nous voye ?

ELECTRE.

Ah ! vous me remplissez de terreur & de joie ?

ORESTE.

Si vous aimez un frere.

ELECTRE.

Oui, je l'aime, oui, je crois
Voir les traits de mon pere, entendre encor sa voix.
La nature nous parle, & perce ce mystére ;
Ne lui résistez pas : oui, vous êtes mon frere,
Vous l'êtes, je vous vois, je vous embrasse, hélas !
Cher Oreste, & ta sœur a voulu ton trépas !

ORESTE *en l'embrassant.*

Le ciel menace en vain, la nature l'emporte :
Un Dieu me retenoit, mais Electre est plus forte.

Il me semble que la reconnoissance de Sophocle est trop traînante, celle d'Euripide trop brusquée, celle de M. de Crébillon extrêmement animée & intéressante. Quoi de plus beau que de voir Electre reconnoître son frere à la vivacité des transports dont elle est saisie à son aspect, & lui arracher son secret par la violence de sa tendresse ; mais il faut avouer enfin, qu'outre tous ces mouvemens si forts, si pathétiques, il y a de plus dans M. de Voltaire la situation terrible & vraîment théatrale d'une sœur si tendre, prête à immoler un frere qu'elle ne connoît pas & qu'elle croit son plus mortel ennemi.

Enfin nous l'emportons, & ils sont vaincus ces Rivaux si estimables, qui nous ont appris eux-mêmes à les combattre & à les vaincre ; ils tombent sous nos coups, malgré la disposition simple & noble de leurs Plans réguliers, malgré la distribution ingénieuse & raisonnée de toutes les parties de leurs ouvrages, malgré la force tragique de leurs caractères, le feu presque continuel

de leur éloquence, & les traits puiſſans dont ils percent les cœurs.

Applaudiſſons-nous d'un ſi beau triomphe; mais gardons-nous d'inſulter à la défaite de ces hommes divins, plus grands peut-être que leurs Vainqueurs, qu'ils égalent preſque en perfection, & ſur leſquels ils ont l'avantage inconteſtable de l'invention. Admirons, reſpectons ces grands modéles, non en Zélateurs fanatiques, dont la piété aveugle ne peut honorer ceux qui en ſont l'objet, mais en diſciples reconnoiſſans & éclairés, qui payent à leurs Maîtres le tribut de louanges & d'eſtime qui leur eſt dû, ſans cependant déſeſpérer de les atteindre, & ſans transformer ſuperſtitieuſement leurs défauts réels en beautés imaginaires. Aimons ces Grecs, non pas parce qu'ils étoient Grecs, non pas parce qu'ils ſont morts il y a plus de deux mille ans; mais parce qu'ils ont travaillé utilement pour le plaiſir, pour l'inſtruction de tous les ſiécles. Liſons-les avec goût & avec fruit, & tandis que la troupe obſcure des Pédans continuera de rendre un ſervile hommage à leur antiquité & à leur langue étrangere, réſervons notre eſtime refléchie & nos ſentimens éclairés pour un plus digne objet, pour la Nature qu'ils ont peinte dans leurs écrits; pour cette Nature

toujours une, toujours belle, toujours invariable dans tous les tems, dans tous les lieux & dans toutes les langues du monde.

Au reste, je ne prétends point tirer une conséquence générale du Paralléle particulier que je viens de faire. Peut-être pour une victoire que nous remportons, les Grecs en remportent-ils cent; peut-être notre théatre dans sa totalité, & même notre Parnasse en général est-il inférieur à celui des Anciens. Je dis *Peut-être*, & c'est une chose qui merite d'être examinée.

Je n'ai pas besoin de faire remarquer que j'ai opposé les Modernes en original à de simples traductions des Anciens, & qu'ainsi ce sont moins les expressions qu'il a fallu comparer, que les choses, les images, & les idées.

Si après toutes les protestatious que j'ai faites & toutes les mesures que j'ai prises, quelque Antiquaire de mauvaise humeur me taxoit de prévention en faveur des Modernes, je me croirois assez bien fondé à rétorquer contre lui-même son injuste reproche: mais pour avoir la paix, j'aimerois encore mieux immoler aux Grecs une victime qui doit leur être bien précieuse, je veux dire M. de Longepierre qui les respecta toujours & les aima de toute son ame, les traduisit

de toutes ses forces, & eut un désir sincére, mais superflu de les bien imiter.

Cependant je ne donne rien pour rien, & je ne ferai ce sacrifice qu'à condition qu'on me sacrifiera réciproquement les Coëphores d'Eschyle, Piéce dont les beautés supérieures à celles de Longepierre sont tellement étouffées sous la multitude des défauts énormes, que je ne crois pas qu'elle trouve d'assez preux Chevaliers pour entreprendre sa défense.

Je suis bien aise d'apprendre à ceux qui ne le sçavent pas que le mot *Coëphores*, signifie des personnes qui portent des libations, & qu'Eschyle sous ce titre a traité le sujet d'Electre, dans lequel il est beaucoup question de libations, comme on a vû par le passé.

Paralléle particulier de Messieurs de Crebillon & de Voltaire.

IL me reste un dernier paralléle à faire, plus délicat, plus difficile que les précédens. Quelques personnes le trouveront même odieux; mais la pureté de mes intentions m'encourage, & je n'ai pas fait tant de pas pour reculer.

Les objets de ce paralléle ſont Meſſieurs de Crebillon & de Voltaire, concurrens ſi dignes l'un de l'autre. Je leur appliquerois volontiers cette noble penſée de Milton au ſujet de deux de ſes plus fiers combattans.

» A les voir tous deux ſi redoutables, on » eût dit que ces ſuperbes rivaux pouvoient » ſeuls faire enſemble l'eſſai de leurs forces.» Et je voudrois pouvoir ajouter avec Milton : » Mais ils trouveront un jour leur vainqueur.» Qu'ils pardonnent ce ſouhait à mon amour pour les Arts.

Leurs deux Electres au premier aſpect brillent d'un ſi vif éclat, & étalent des beautés ſi touchantes & ſi nombreuſes, que l'œil enchanté qui ne les enviſage que de loin, ne peut s'empêcher de balancer un moment ; mais lorſqu'en approchant de plus près, on vient à les obſerver ſcrupuleuſement, le flambeau de la critique à la main, on apperçoit la différence.

Nous avons déja vu M. de Crébillon placé entre les deux Anciens pour le mérite du plan, ſupérieur à tous deux pour les caractéres, les égaler à peu près pour les ſituations; nous avons vu la victoire complette de M. de Voltaire, dans ces trois parties, ſur tous les Anciens & Modernes ; voyons qui de M. de Crebillon ou de M. de Voltaire,

l'emporte pour les beautés de détail.

Le tableau du meurtre d'Agamemnon est admirable chez l'un & chez l'autre : comparons.

(*M. de Crebillon.*)

O jour que tout ici rappelle à ma mémoire !
Jour cruel qu'ont suivi tant de jours malheureux !
Lieux terribles, témoins d'un parricide affreux,
Retracez-nous sans cesse un spectacle si triste.
Oreste, c'est ici que le barbare Egyste,
Ce monstre détesté, souillé de tant d'horreurs,
Immola votre pere à ses noires fureurs.
Là, plus cruelle encor, pleine des Eumenides,
Son épouse sur lui porta ses mains perfides.
C'est ici que sans force & baigné dans son sang,
Il fut long-tems traîné le couteau dans le flanc ;
Mais c'est-là que du sort lassant la barbarie,
Il finit dans mes bras ses malheurs & sa vie.

(*M. de Voltaire.*)

Vos yeux ne virent point ce parricide impie,
Ces vêtemens de mort, ces apprêts, ce festin,
Ce festin détestable où le fer à la main,
Clytemnestre ! ma mere ! . . . . . . ah ! cette horrible image
Est présente à mes yeux, présente à mon courage.
C'est-là, c'est en ces lieux où vous n'osez pleurer,
Où vos ressentimens n'osent se déclarer,
Que j'ai vû votre pere attiré dans le piége,
Se débattre & tomber sous leur main sacrilége.

Pammene, aux derniers cris, aux sanglots de ton
Roi,
Je crois te voir encore accourir avec moi :
J'arrive .... quel objet ! une femme en furie
Recherchoit dans son flanc les restes de sa vie.
Tu vis mon cher Oreste enlevé dans mes bras,
Entouré de dangers qu'il ne connoissoit pas,
Près du corps tout sanglant de son malheureux pere.
A son secours encore il appelloit sa mere.

1°. Cette image qui est la plus forte de M. de Crebillon

C'est ici que sans force & baigné dans son sang,
Il fut long-tems traîné le couteau dans le flanc.

céde pour l'énergie de l'expression à celle-ci.

J'arrive .... quel objet ! une femme en furie
Recherchoit dans son flanc les restes de sa vie,

2°. Cette interruption :

Clytemnestre ! ma mere ! .... ah ! cette horrible
image
Est présente à mes yeux, présente à mon courage.

peint d'une maniére admirable le trouble dont Electre est remplie à ce triste souvenir.

3°. Mais où trouverons-nous dans M. de Crebillon un vers comparable à celui où Electre dit en parlant d'Oreste :

Près du corps tout sanglant de son malheureux pere,

A son secours encore il appelloit sa mere.

Peut-on peindre avec plus d'art & de génie la situation la plus naturelle & la plus touchante ?

Electre dans nos deux Poëtes refuse avec indignation l'hymen du fils d'Egyste.

(*M. de Crebillon.*)

Ma mere, si ce nom peut encor vous toucher ;
S'il est vrai qu'en ces lieux ma honte soit jurée,
Ayez pitié des maux où vous m'avez livrée.
Précipitez mes pas dans la nuit du tombeau,
Mais ne m'unissez pas au fils de mon bourreau,
Au fils de l'inhumain qui me priva d'un pere,
Qui le poursuit sur moi, sur mon malheureux frere,
Eh ! de ma main encore il ose disposer !
Cet hymen sans horreur se peut-il proposer ?

(*M. de Voltaire.*)

Madame, osez-vous bien par un crime nouveau,
Abandonner Electre au fils de son bourreau ?
Le sang d'Agamemnon ! qui ! moi ! la sœur d'Oreste !
Electre au fils d'Egyste, au neveu de Thieste !
Ah ! rendez-moi mes fers, rendez-moi tout l'affront,
Dont la main des Tyrans a fait rougir mon front.
Rendez-moi les horreurs de cette servitude,
Dont j'ai fait une épreuve & si longue & si rude.
L'opprobre est mon partage, il convient à mon sort ;
J'ai supporté la honte, & vu de près la mort :

Votre Egyste cent fois m'en avoit menacée ;
Mais enfin c'est par vous qu'elle m'est annoncée.

. . . .

Vous n'avez plus de fils ; son assassin cruel
Craint les droits de ses sœurs au thrône paternel.

. . . .

Eh bien ! si j'ai ces droits, s'il est vrai qu'il les craigne,
Dans mon sang malheureux que sa main les éteigne,
Qu'il acheve à vos yeux de déchirer mon sein,
Et si ce n'est assez, prêtez-lui votre main.
Frappez, joignez Electre à son malheureux frere ;
Frappez, dis-je, à vos coups je connoîtrai ma mere.

Le refus de la premiére Electre s'annonce avec plus de douceur, celui de la seconde avec plus de force & de fierté.

Mais, dira-t-on, l'Electre de M. de Crébillon aime Itis ; est-il étonnant qu'elle ne refuse point sa main avec la même fureur que celle de M. de Voltaire, qui déteste toute la famille d'Egyste?

Je répons, que plus Electre aimoit Itis, & plus il étoit beau & digne d'elle de le refuser avec tout l'éclat & toute l'indignation dont elle étoit capable ; & c'est un trait que certainement M. de Crébillon n'a pas voulu manquer.

Je m'imagine que tout le monde est frappé de la beauté inexprimable de ce vers de M. de Voltaire,

Frappez, dis-je, à vos coups je connoîtrai ma mere.

Une réflexion qu'il ne faut pas laisser échapper, c'est que Clytemnestre chez M. de Crebillon ne propose cet hymen à sa fille que pour l'humilier & l'affliger; par conséquent elle doit s'attendre au refus d'Electre; au lieu que Clytemnestre chez M. de Voltaire, qui ne propose cet hymen que par tendresse pour sa fille, & qu'afin de lui procurer un sort heureux, est réellement foudroyée par le refus & les discours de cette fille altiére & inflexible.

Enfin Arcas dans M. de Crébillon, Pilade dans M. de Voltaire font un récit.

(*Arcas.*)

Madame, c'en est fait. . . . .

. . . .

Oreste regne enfin, ce héros invincible
Semble armé de la foudre en ce moment terrible.
Tout fuit à son aspect ou tombe sous ses coups,
De longs ruisseaux de sang signalent son courroux.
J'ai vu prêt à périr le fier Itis lui-même,
Désarmé par Oreste en ce désordre extrême.

. . . .

Le sort malgré lui-même a pris soin de ses jours.

. . . .

Oreste à sa valeur fait tout céder sans peine.

. . . .

Et

Et le cruel Egyste au gré de vos désirs,
Aux pieds de son vainqueur rend les derniers soupirs.

(*Pilade.*)

Par les ordres d'Egyste, on amenoit à peine,
Pour mourir avec nous le fidéle Pammene.
Tout un peuple suivoit, morne, glacé d'horreur;
J'entrevoyois sa rage à travers sa terreur;
La Garde retenoit leurs fureurs interdites:
Oreste * se tournant vers ses fiers satellites,
Immolez, a-t-il dit, *le dernier de vos Rois?*
L'osez-vous? A ces mots, au son de cette voix,
A ce front où brilloit la majesté suprême,
Nous avons tous cru voir Agamemnon lui-même,
Qui perçant du tombeau les gouffres éternels,
Revenoit en ces lieux commander aux mortels.
Je parle, tout s'émeut, l'amitié persuade;
On respecte les nœuds d'Oreste & de Pilade.
Des soldats avançoient pour nous envelopper;
Ils ont levé le bras, & n'ont osé frapper.
Nous sommes entourés d'une foule attendrie;
Le zéle s'enhardit, l'amour devient furie:
Dans les bras de ce peuple Oreste étoit porté;
Egyste avec les siens d'un pas précipité,

* Ce récit est imité de l'histoite de Marius que voici. Le Sénat ayant condamné ce Consul intrépide & cruel, on envoya un Cimbre pour le tuer dans la prison: Marius sans s'étonner, regarda fiérement ce Cimbre, & lui dit d'un ton menaçant: *Quoi! Barbare, oserois-tu tuer Caius Marius?* Le barbare saisi de respect & de crainte, s'enfuit, jettant son sabre dans la place publique; & criant: *Non, je ne sçaurois tuer Caius Marius.*

Vole, croit le punir, arrive & voit son Maître.
J'ai vu tout son orgueil à l'instant disparoître,
Ses esclaves le fuir, ses amis le quitter,
Dans sa confusion ses soldats l'insulter.
O jour d'un grand exemple ! ô justice suprême !
Des fers que nous portions il est chargé lui-même.
La seule Clytemnestre accompagne ses pas,
Le protége l'arrache aux fureurs des soldats,
Se jette au milieu d'eux, & d'un front intrépide,
A la fureur commune enleve le perfide,
Le tient entre ses bras, s'expose à tous les coups,
Et conjure son fils d'épargner son époux.
Oreste parle au peuple, il respecte sa mere,
Il remplit les devoirs & de fils & de frere ;
A peine délivré du fer de l'ennemi,
C'est un Roi triomphant sur son thrône affermi.

Le récit d'Arcas fait plaisir, mais celui de Pilade émeut, transporte, & met tous les ressorts de l'ame en mouvement. Voilà donc la supériorité de M. de Voltaire établie quant aux beautés analogues.

A l'égard des beautés propres aux deux Poëtes, ceux qui voudront comparer les deux piéces, Scéne par Scéne, avec impartialité, trouveront presque toujours M. de Crébillon très-estimable, mais M. de Voltaire très-supérieur.

La Scéne de Palaméde avec Tidée dans le troisiéme Acte, & sa Scéne avec Oreste

& Electre dans le quatriéme sont des chefs-d'œuvre, mais on peut leur opposer avec succès la Scéne de l'Urne, celle où toute la race d'Agamemnon & Clytemnestre elle-même demande la vie d'Oreste, &c. & beaucoup d'autres.

Pour la Scéne des Equivoques, je l'ai déjà dit, je la crois incomparable.

D'ailleurs il me semble qu'on trouvera difficilement dans M. de Crébillon des traits tels que ceux-ci.

Je m'en afflige en mere, & m'en indigne en Reine.

C'est Clytemnestre qui parle des fers d'Electre. Peut-on exprimer avec plus de précision deux sentimens à la fois, l'un de tendresse & l'autre de fierté?

Quel orgueil, mais quelle grandeur dans ce mot du Tyran!

Mon bras fait les destins, & ma voix les annonce.

& dans cette réponse du même Egyste à Clytemnestre, qui s'attendrit pour ses enfans, & qui dit en pleurant: *Je suis mere encore.*

EGYSTE.

Vous êtes mon épouse, & sur-tout vous regnez.

Electre dit en parlant de son cher Oreste :

De ces lieux tous sanglans la nature exilée,
Et qui ne laisse ici qu'un nom qui fait horreur,
Se renfermoit pour lui toute entiére en mon cœur.

Electre n'ose découvrir à Clytemnestre, que l'un des deux Etrangers qui sont en la puissance d'Egyste, est Oreste ; elle veut cependant l'intéresser pour eux.

Le ciel vous les confie, & vous répondez d'eux ;
L'un deux..... si vous sçaviez..... tous deux sont malheureux.

Je ne finirois point si je prétendois relever tous les traits où l'on voit ainsi réuni, tout ce que la Nature a de plus touchant, & tout ce que l'art a de plus délicat.

Mais un éloge que je ne puis refuser ici à M. de Voltaire, c'est que dans Oreste, comme dans tous ses autres Ouvrages, on voit toujours l'humanité peinte des couleurs les plus douces & les plus tendres ; c'est le vrai triomphe de M. de Voltaire, & c'est le moyen le plus sûr de plaire aux cœurs sensibles & vertueux, desquels seuls le suffrage est désirable.

Pourquoi donc ces cris, ces murmures, ces obscurs complots, ces trames perfides, ces cabales honteuses, ces bons-mots pitoya-

bles, ces allusions ridicules, ces Fables puériles, controuvées par des méchans, accueillies, répétées par des imbécilles, & qui vont croissant de bouche en bouche jusqu'au comble de l'extravagance ? D'où naît cette fureur épidémique, dont une grande partie du public est travaillée ; cet acharnement inconcevable contre un homme qui a tant mérité de lui plaire ? D'où vient qu'une foule insensée de Spectateurs frémissans se prive exprès du plaisir d'écouter & de pleurer, pour priver M. de Voltaire des applaudissemens qui lui sont dûs, qu'il obtiendroit de tous les autres, & qu'il leur arracheroit sans doute à eux-mêmes ? La raison de tous ces désordres est évidente ; elle est dans la Nature dépravée de l'homme ; il y a long-tems qu'Horace l'a apperçûe & qu'il nous l'a dite.

Ploravere suis non respondere favorem
Speratum meritis, diram qui contudit hydram,
Nataque fatali portenta labore subegit,
Comperit invidiam supremo fine domari ;
Urit enim fulgore suo qui prægravat artes
Infrà se positas, extinctus amabitur idem.

Comment laisser en paix, comment ne pas persécuter jusqu'au tombeau un homme qui a eû la témérité de s'exercer dans tous les genres, & l'insolence d'y réussir ; un hom-

me dont le coup d'essai a été de vaincre Sophocle, la Motte & Corneille lui-même ? Voilà de ces crimes qu'on ne pardonne jamais, parce qu'on ne sera jamais en état de les commettre. L'amour-propre outragé est irréconciliable, celui des Auteurs surtout, comme le plus sensible, est le plus implacable. Ces hommes autrefois si grands, si respectés, que la supériorité la plus flatteuse élevoit presque au rang des Dieux, ont pris plaisir à se dégrader par leurs haines mutuelles & leurs sanglantes jalousies ; il n'a pas tenu à eux qu'ils ne soient devenus l'opprobre de l'humanité.

Eux qui seroient encore ainsi que leurs ayeux,
Maîtres du monde entier, s'ils l'avoient été d'eux.

Zaïre.

Ce sont tous ces chefs ennemis,
Divisés d'intérêt, & pour le crime unis.

Mérope.

Qui vont de réduit en réduit, de ruelle en ruelle, de caffé en caffé répandre par mille canaux soûterrains, les torrens de leur fiel amer contre un Rival trop grand dont la gloire les opprime. Chacun de ces petits Tyrans a son cercle favori qu'il gouverne en Maître, & dont il dispose à son gré. De-

ces Ecoles de la vengeance sort une troupe innombrable de Censeurs bien aguerris contre le beau & le pathétique, qui frondent, qui tranchent, qui proscrivent, qui s'imaginent avoir jugé, parce qu'ils ont répété des jugemens suggérés, & qu'ils sont en effet les

Echos tumultueux d'une voix plus secrette.

Sémiramis.

A l'appui de ces Connoisseurs viennent les Femmelettes précieuses, les Plaisans, les Agréables, les petits-Maîtres toujours prêts à rire lorsqu'il faut pleurer, & à bailler quand il faut rire. Chacune de ces petites Machines frivoles est un Répertoire inépuisable de Bons-Mots, de Saillies, de Pasquinades toujours lancées avec succès contre le mérite éclatant.

L'homme de Loi, le Solliciteur de procès, le Commis, les petits Abbés, le gros Bourgeois de la rue S. Denis ; tout cela juge, tout cela crie, tous ces gens ont des poumons comme les autres, & plus forts que les autres, & ils sçavent par-cœur les mots de *pitoyable* & de *détestable* dont ils s'aident au besoin.

Des gens très-sensés, mais phlégmatiques, jugent aussi, & parce qu'ils ne sentent rien, sont bien sûrs qu'on n'a rien senti ; arbitres

d'autant plus dangereux que leur air de raison en impose & qu'on s'avise rarement de les récuser.

Tous ces divers ressorts sont mis en œuvre par la main adroite des Chefs de Parti, distribués avec art dans les postes que la haine leur a assignés. Ces tourbillons orageux emportent par leur violence tout ce qu'ils rencontrent sur leur passage; tout se ressent de la contagion générale, & les meilleurs esprits entraînés malgré eux par ces impulsions étrangeres, entrevoyent à peine quelques beautés, & ne peuvent résister au torrent. C'est ainsi que d'excellens Ouvrages succombent quelquefois sous d'horribles cabales; c'est ainsi que Britannicus eût tombé, si Boileau, vengeur du bon goût, n'eût mis un frein à la fureur des flots; c'est ainsi que Pradon (c'est tout dire,) éclipsa quelquefois Racine. *

Mais que gagne donc ce peuple ingrat &

* M. Racine dit dans ses mémoires sur la Vie de son illustre pere : „ Si Corneille avoit ses chagrins, „ son Rival avoit aussi les siens. Il entendoit dire „ souvent que les beautés de ses Tragédies étoient „ des beautés de mode qui ne dureroient pas. „ Les Censeurs périodiques disent-ils aujourd'hui autre chose de M. de Voltaire ? Il faut qu'ils conviennent cependant que les beautés d'Oreste n'ont pas été accueillies en beautés de mode; mais la mode passera, & ces beautés dureront.

volage

volage à exercer ainſi une eſpéce d'Oſtraciſme ſur les plus illuſtres Citoyens de la République Littéraire ? Il décourage de Grands-Hommes, il nuit à ſes plaiſirs, il nuit au progrès des Arts. Corneille déſeſpéré de ſes caprices, penſa pluſieurs fois renoncer au Théatre, & livrer la Scéne Françoiſe aux Scuderis & aux Coras. Ne comprendra-t-on jamais le beſoin qu'on a des plaiſirs de l'ame, & la reconnoiſſance qu'on doit à ceux qui les procurent. Il n'y a donc que la mort qui puiſſe écraſer la tête de l'Envie & mettre le ſceau à la réputation des Grands-Hommes ? La Poſtérité ſeule eſt donc équitable ? Mais oſons l'être auſſi, oſons rendre juſtice à nos Contemporains ; ne déguiſons point de baſſes jalouſies ſous les noms ſpécieux de reſpect pour l'Antiquité, d'attachement pour le Bon-goût, & de zéle pour des régles imaginaires que le Bon-ſens a proſcrites, & que le Pédantiſme veut envain ſoutenir. Honorons du reſpect le plus ſincère ces illuſtres Génies, qui honorent leur Patrie & leur Siécle ; conſidérons ce qu'ils font & non pas ce qu'on dit d'eux ; examinons Oreſte en lui-même, ſes caractères, ſes ſituations, ſes beautés d'un ordre ſupérieur ; & s'il nous attendrit, s'il nous tranſporte, laiſſons murmurer une mul-

titude forcénée ; livrons-nous aux voluptés du sentiment ; osons pleurer, osons frémir, lorsque nous voyons la sœur la plus tendre prête à immoler un frere qu'elle adore, pour qui elle a tout fait, pour qui seul elle vit ; admirons le triomphe de la Nature qui arrête, qui désarme cette sœur éperdue, qui opposant un pouvoir invincible à ses coups, fait tomber son poignard & sa fureur aux pieds de son frere. Sçachons quelque gré à M. de Longe-Pierre d'avoir indiqué de loin cette situation admirable ; mais applaudissons de tout notre cœur à M. de Voltaire qui l'a créée, qui l'a rendue dans toute sa force & dans toute sa beauté. Si nous trouvons de pareils traits chez les Anciens, respectons-les ; si nous les trouvons chez nos Modernes, félicitons-nous du trésor que nous possédons, & songeons que peut-être un jour Melpomène désolée demandera un consolateur & n'en trouvera point.

Je dois un témoignage à M. de Crébillon. Bien loin de fomenter les fureurs du Vulgaire, ce grand homme indigné de voir son nom respectable servir de prétexte à d'infâmes cabales, rend lui-même justice à son Rival, & ces deux Héros de la Scéne Françoise se combattent & s'admirent.

Eh! qui ne voudroit être vaincu comme M. de Crébillon? Qui n'envieroit une défaite aussi glorieuse? qu'il est beau, qu'il est grand de céder ainsi; c'est Hector qui succombe, mais sous les coups du seul Achille, & après avoir vaincu Patrocle & tous les Grecs ensemble.

Je me dois aussi un témoignage à moi-même; c'est de protester que l'impartialité la plus pure m'a dicté cet Ecrit qu'on attribuera sans doute aux motifs les plus méprisables. Je ne connois Messieurs de Crébillon & de Voltaire que par les larmes qu'ils m'ont fait répandre, que par les sentimens qu'ils m'ont inspirés, que par les plaisirs tendres, vifs, délicats, variés qu'ils m'ont toujours procurés.

Au reste, je sçais fort bien ce qu'on va dire, & même penser de tout ceci; les Antiquaires me traiteront d'ignorant, les petits-Maîtres de Pédant, les Femmelettes de Provincial, & les ennemis de M. de Voltaire, soit disant amis de M. de Crébillon, supposeront les Relations les plus intimes entre mon Héros & son Apologiste, & mettront hardiment sur mon compte quelques-unes de ces historiettes qui trouvent toujours malgré leur fausseté évidente

Des méchans pour les dire, & des sots pour les croire.

Je m'attends à tout de la part de ces Meſſieurs. J'ai défendu la vérité, j'ai vengé le bon goût, je me ſuis ſatisfait, il eſt juſte qu'ils ſe ſatisfaſſent à leur tour.

FIN.

www.ingramcontent.com/pod-product-compliance
Ingram Content Group UK Ltd.
Pitfield, Milton Keynes, MK11 3LW, UK
UKHW021058260726
13994UKWH00002B/578

9 782329 458939

ORESTE,

TRAGEDIE.